12年目のパリ暮らし

パリジャン&パリジェンヌ
たちとの愉快で
楽しい試練の日々

中村江里子
Eriko Nakamura

Nâââandé!?
Les tribulations d'une Japonaise à Paris
by Eriko Nakamura

12年目のパリ暮らし

パリジャン&パリジェンヌたちとの
愉快で楽しい試練の日々

中村江里子
Eriko Nakamura

SB Creative

日本版に寄せて

「エリコ、君が感じたパリでのショックを本にまとめてみないか？　すごく興味深いと思うんだよね」

こう出版社に勤める友人から勧められたのは、もう5年以上前のことです。まだ、息子が小さくて、〝フランス語の本を出版するなんて、そんな大変な仕事はできないわ!!〟と即答したのを覚えています。

それから1年、事あるごとに本を書くことを勧めてくれた友人の熱意と、だいぶパリでの生活には慣れたけれども、でもまだまだショックを受けたり、悔しい思いをしている今の自分の気持ちをフランス人にぶつけてもいいかな？　と思いはじめたのです。

なぜなら……人間って、やっぱり適応能力があるから……いつの間にかその状況に慣れ、あたりまえになっていくのです。

あたりまえになれば疑問に感じないですし、比較もしなくなります。

だから……今やろうと思い立ちました。

思い立ってから3年かかって、私の初めてのフランスでの本“Nâândé!?”(『ナンデ!?』)が出版されました。2012年3月のことです。

なんのテーマを書くのか、どういうエピソードがいいのか？　残念ながら私には本を書けるほどの文法力がないですから、私が感じることを誰がうまく文章にまとめてくれるのか？　試行錯誤をしながらの3年でした。

この本の大きなテーマは、パリの人（フランス人）に大笑いをしながら、日本人女性のパリに対する批判を読んでもらうこと!!　ちなみに“Nâândé!?”のサブタイトルは、〝ひとりの日本人女性のパリでの試練〟です。

シャールさん（私の主人です）もとても応援をしてくれ、手伝ってくれました。多くの方のサポートを受けて、出来上がった一冊です。

フランスで最大の本の展示会やサンジェルマンデプレにある大きな書店でのサイン会。フランス人の方が並んでくださったり、私に感想を言ってくださったり……。

パリ在住の日本人の方と「お互いに頑張りましょうね!!」なんて握手をしながら話をしたり……。

パリに住んで初めてラジオや雑誌、新聞のインタビューも受けました。

本当にうれしかったのは……どのジャーナリストの方も"*Nããandé!?*"をとても好きになってくれたこと。

「いや〜、笑いすぎて涙が出たよ!!」

「日本に興味はあったけど……今はすごく行ってみたいです!!」

「第二弾を待っています!!」

わざわざ私のホームページを探して、感想を送ってくださったフランス人がなんと多かったことか!!　手紙もいただきました!!

日本在住のフランス人の方たちは、みんな「日本語で出版してください!!日本人の友人たちにプレゼントしたい!!」と。「私は今東京で、エリコさんが受けているのと同じくらい様々なショックを受けています!!」という方もいらっしゃいました。

息子さんが日本人女性と結婚されたマダムは「ようやくわかりました。今までは義理の娘と距離がありましたが……今は彼女の戸惑いがよくわかります。これからはもっと彼女のことを考えてあげられます」と。

パリ在住のあるフランス人女性は、ボーイフレンドの日本人男性といつもけんかばっかり……大好きなのに……。

「彼はフランス語ができないから、日本語で出版してください。彼がショックを受ける私の行動は普通のことなのだと知ってもらいたい。そうしたら、もっとけんかが減るでしょうから……」

多くの日本人はフランスが大好きで、多くのフランス人は日本が大好きです。まるで相思相愛……でも、私たちは計り知れないほど違うのです。

それは時には大きなショックを伴います。

パリは本当に美しい街で、毎日同じ景色を見ているのに、毎日感動しています。

でも……見るのと、住むのではまったく違います。

日本にいると、日々の生活は振り子の針がほんの少し左右に動くくらいの感じ。

でもパリに住むのは……その振り子の針が左右に振りきれてしまうくらいの激しさを伴います。

タフじゃなきゃ!!　生きていけない。

2013年3月。“*Nâândé!?*”は文庫本で出版されました。フランスでさらに多くの方が読んでくださるようになりました!!

だから……日本語でも出版させていただくことになりました。

日本語で出版するにあたり、加筆、修正を多くしました。

本文中には日本に関する説明も多くあり、それは日本人の方々には必要のないこと。逆に私のパリでのエピソードはフランス人だったら容易にその様子を頭に描くことができますが、日本人にとっては難しい……。

あらためて読み返して、自分でも笑いました。

そして……ショックを受けていた様々なことが、今では何でもないことに気づきました。

やはり……時間がたって、私は慣れてきたのです。あたりまえになってきたのです。

数年後には「やだ、私ったらこんなことにショックを受けていたの?」と笑ってしまっているかもしれません。

パリにあこがれている方には衝撃的な話もあるかもしれません。でも……知っていて訪れるのと、知らないで訪れるのでは心構えが違います。

国が違うのですから……何もかも違ってあたりまえと思ったら気が楽になります。

そして何より……私は今もこうしてパリに住んでいます。

嫌なことも、パリの魅力のひとつになりました。

そして日本の魅力も際立ってわかってきました。

日本もフランスもとても素敵な国!!

まずはページをめくってください!!

今まであえて語ることのなかった私のパリでの体験!!

同じようにショックを受け、そして笑っていただけたらうれしいです!

Le contenu もくじ

プロローグ

日本人ほどパリに夢や憧れを抱き、そしてパリに失望する外国人は他にいません。これはかなり大きな打撃で、病気になってしまう人もいるほど。なんとも奇妙な病気なので、サントアンヌ病院の精神科医・太田博昭教授によって「パリ症候群」と名づけられました。

これは、夢見たパリと現実のパリのギャップによって引き起こされ、幻覚・熱気・常軌逸脱・被害妄想などの症状を起こし、初めてパリを訪れた日本人がかかりやすい病気とされています。

毎年、日本人がパリ症候群の犠牲になっています。そのうち何人かは、太田医師の「二度とパリに来てはいけませんよ!」というアドバイスに従い、緊急に日本へ帰国していきます。

日本人にとってのパリは、光の街・世界で一番美しい街・ロマンティックで洗練された街。そのイメージは、シャネルの香水ナンバー5のコマーシャルや映画の『アメリ』、ロベール・ドアノーの白黒写真などから作り上げられています。

私たち日本人は数時間のうちに、絵葉書のパリから、薄暗いシャルル・ド・ゴール空港や不機嫌なタクシーの運転手へと移行するわけです。

一部の日本人にとって、これは立ち直れないほどの辛い試練となるのです。同様に、私もショックを受けました。でも、幸運なことに、私はパリだけでなく他の国へ行く機会にも恵まれていたので、「こんなこともあるんだ」と軽いショックで済んだのだと思います。

私の家族はかなり開放的で、それはわが家の家業――オルガン、ヴァイオリン、ハープなどの楽器の輸入――が大きく影響していると思います。

倉田家（母方）は、明治時代の1874年、日本が開国して間もなく西洋楽器の輸入を始めました。この楽器店は、銀座にある東京で最初の西洋楽器店です。子どものときには、父の仕事の関係でタイに住んでいたこともありました。

ですから30歳まではタイが私にとっての第二の故郷だったのです。今ではそう珍しくはありませんが、当時、子ども時代の一時期を外国で暮らしたという人は、そう多くはありませんでした。

偶然にも2つの文化に触れてきたということ、家族が開放的であったということ、この2つがパリに着いたときの私をとても助けてくれました。一日に20回ショックを受けることはあっても、サントアンヌ病院には行かずに済んだのですから……。

パリに暮らしはじめてから、10年以上になります。そして今、パリは私の街で、パリを（少し）知っていると言えるとしたら、それはもちろん私の夫・シャールさんのおかげです。

彼の本当の名前はシャルル・エドワードですが、一緒に暮らすようになって以来ずっとシャールさんと呼んでいます。

「さん」という接尾語は、ムッシュー・マダム・マドモワゼルを意味し、相手に対する敬意を表します。フランス語で言えば、「ムッシュー・シャルル」と言っているような感じですね。このことをフランス人の友人たちに説明するとき、シャールさんは楽しそうです。フランスでは自分の夫を「ムッシュー」をつけて呼ぶ人はいませんから、「シャールさん!!」という響きはなんだかくすぐったく、そして楽しいようです。

私とシャールさんの出会いは、偶然が何回か重なるという、少しばかりロマンティックなものでした。

初めての出会いは1997年。当時、私はまだフジテレビに勤めていて、ウィークデーの朝の帯番組やバラエティ番組、プロ野球ニュースなどを担当していました。番組以外の社外業務で、イベントやパーティーの司会をすることもありました。

ある日、私は企業のイベントの司会のために、都内の大きなホテルにいました。控え室で準備を終え、エレベーターに乗ったときにちょうど乗り合わせたのが……シャールさんでした。もちろん、会話なんてありません。

でも彼の姿は記憶に残っていました。

なぜならそのとき、彼が淡いピンクの麻のスーツを着ていたから。

テレビや舞台に出演するタレントさん以外に、いったい誰がこんな色のスーツを着る勇気があるのかしら？　と思ったのです。

それから数か月後、私は1週間の予定でひとりちょっと遅い夏休みでパリを訪れました。

フランスのクチュールメゾンに勤めている友人がいて、時々、テレビや雑誌でそのメゾンの服を着用していたこともあり訪ねて行きました。そのとき、オフィスで〝ある人〟にバッタリと会いました。

そう、シャールさんだったのです!!

そのときは淡いピンクではなく……ダークスーツでした。

私たちは英語で簡単に社交辞令を交わし、もちろん、そのまま別れました。

私は〝フランス人男性＝白馬に乗った王子様〟なんてま～ったく思っていませんでしたから、社交辞令だけで十分だったのです。

ところが……それから数か月後……

東京のレストランでまたシャールさんにバッタリ会いました。私を見つけた彼はスッと席を立って、私の前にやって来ました。彼は仕事の関係で東京に住みはじめたのです。

そして……初めて私の電話番号を聞いてきました。

今思えば、こんな風に男性が、それもフランス人が一定の間隔で私の前に現れていたなんて……初めてのことでした。

シャールさんとは関係なく、私はおよそ1年後にフジテレビを退社しました。8年間の強い照明とカメラのある生活から、家族と一緒に過ごしたり、日本を再発見する生活になりました。社員からフリーの立場になったことで、仕事のスタンスも変わってきました。

シャールさんと一緒に過ごす時間も増えました。

そして、彼がパリへ戻ることになり……なんとなくシャールさんの引っ越し荷物の中に私の荷物も混じることとなったのです。

30歳にして、また日本じゃない国に住むことになりました。

シャールさんは、私の人生を違う方向へと導いてくれたようです。

そして、より多くの時間をシャールさんのために費やすようにしました。

だって、私の人生を変えた男性と知り合ったんですもの。パリジャンが、私に本当のパリを教えてくれるはず……。

2000年、私たちはポルト・マイヨ（Porte Maillot）の近くにアパルトマンを見つけました。つまり私が感じていることや、こんなことありえないというようなことを言えるようになるのに10年近くかかったことになります。

一日に何十回もビックリ仰天し、典型的なパリジャンの振る舞いに声をなくし、茫然自失となりました。ショックでした。それも大大ショック。この状態を言い表すのに、フランス語でピッタリ合う言葉が見つかりません。フランス人はぽかんと口を開けて、「びっくりしたー」と言いますが、日本人がパリで感じる驚きはこれよりもっと強いのです。それは衝撃!! 静かにやってくる衝撃ですが、まぎれもなく衝撃なのです。

「何? 信じられない! それはないでしょー!」と思うとき、いつも私の頭にひとつの日本語が浮かびます。「ナンデ!?」

今日、この“*Nââândé!?*”（『ナンデ!?』）で、パリでの経験を説明できるのは、きっとパリジェンヌに少し近づいてきたからに違いありません。言い換えれば、少し日本人らしくなくなってきたということかしら?

何かうまくいかないとき、日本人はいつも自分が原因、自分が悪いと考える傾向があります。パリジャンはこれと反対で、いつも他人のせいにすることから始まります。

日本人がパリのタクシーに乗ったら、1分後には今起こっていることはすべて自分のせいなのでは？　と感じはじめるでしょう。

パリに住みはじめたころ、タクシーの運転手さんが不機嫌になると私はこう思ったものでした。

「あ～、どうしよう。私のせいだわ。通りの名前をうまく発音できなかったんだわ」

そしてまた、ギャルソンが何度も私の前を知らんぷりして通り過ぎたときは、「あ～、私ってなんてだめなの。レストランに着いて、何かしちゃいけないことをしてしまったんだわ」と。

今でも反射的に自分が悪いのでは？　と考えてしまいますが、「エリコ、あなたは何も悪いことはしていない。つまりこれはパリジャンのあたりまえの振る舞いなのよ」とささやく声も聴こえるようになりました。

このささやきを私が親しくしているパリジャン＆パリジェンヌたちに伝え

たいと思いました!!

アシル、アニエス、アマンディーヌ、アメリー、アルノー、バルバラ、バジル、カミーユ、セドリック、シャール、クリステル、ドゥニー、エロディ、エマニュエル、エリック、フランソワ、ゴルティエ、ギヨーム、エレーヌ、マルタン、パトリス、フィリップ、PE、ケイト、ソフィー、ティエリー、ステファン、ユスラ……など、友人の輪の中に私を優しく迎え入れてくれた彼らに!!

時には、会ったあとにドッと疲れが出てしまうこともありますが……。ディナーの席では、タバコの煙の充満した部屋で血の滴るお肉を食べながら、誰もが人の話を聞かずに大声で話をしていたり、待ち合わせのたびに、一言のお詫びの言葉もないままに約束に遅れてきたり、目の前で騒々しい音を立てて鼻をかんだり、週末に招待してくれた田舎の別荘では寒く、清潔かどうかわからないバスルームを使うように勧めてくれたり、わが家のバルコニーに火がついたままのタバコの吸殻を捨てたり、ゴルティエが大きな身振りで、しかも大声で『黒い鷲』を歌うせいで会話が中断されたり……。

でも、こういったすべてのことに「ありがとう!!」と言いたいのです！

今だって、彼らの振る舞いにショックを受けることはありますが、日々の積み重ねでパリを理解できるようになってきました。

そして今、私はパリでの生活を楽しんでいるのです!!　「ナンデ?」と思うことはあるけれども、でも楽しめるようになってきたのです!!

この本は、日仏の2つの文化の出会いが生むショックを少しでも和らげたいという途方もない願いから生まれました。

ここに登場する日本人はフランス人がイメージする日本人とは違うかもしれませんし、この本を読んだパリの人たちの中には気を悪くされる方もいるかもしれません。

でも、私の気持ちは……誤解のないように言いますと、私を受け入れてくれたフランス・パリに対する愛の告白のつもりで、苦い体験を書きました。

「愛すればこそのムチ」は典型的なフランスの格言ですよね。

Le dîner en ville 友人宅でのディナー

毎回、シャールさんが「わが家でディナーをするよ!!」と口にするたび、どうしてもストレスを感じてしまいます。日本では、友人を自宅に招待するのはまれです。一般的にマンションは大きくはないですし、プライベートな空間に他人を呼ぶのは、少し抵抗があります。

日本では友人、知人宅へ行くときにはたいてい子どもたちが一緒です。横で子どもたちを遊ばせながら、大人も楽しむという感じでしょうか？ですから、仮によく知らない方のお宅へ行ったとしても、子どもも一緒ということで、ぎこちなさが減ることもありますし、少しくらい騒がしいほうが場が和むということもあります。

そうはいっても、一番の目的は、そこに集った人たちが楽しい時間を過ごすことです。しかし、パリのディナーでは、時に友人が集まるというより、最悪な敵が集まり、叫び声をあげながら討論に夢中になって、いつの間にか料理が冷たくなってしまう……といったディナーもあるのです。

パリで初めてディナーに招待されて、あるパリジャンの家にシャールさんと行ったときのことです。私は、約束の時間に遅れないように、シャールさんに時間に余裕を持って家を出るように何度も念を押し、私たちは約束の時間（夜の9時）ちょうどにホストの家のチャイムを鳴らしました。

するとホストの友人は、玄関の戸を開けながら「あらら、約束の時間ちょうどに着くなんて、君たちはなんて非常識なんだ!!」と言うではありませんか？　ナンデ～!?

幸いそれは冗談でしたが、内心少し動揺が走りました。私たちそんなに失礼なことをしたのかしら？

コートや荷物を置く部屋に着くと、「他人のお宅に招待されたときは、最低15分は遅れていくのがマナーなんだよ」とシャールさんが説明してくれました。こうして、パリでは、招待された家に、約束の時間ちょうどに着くのは、マナーを知らないと思われるということを学んだのでした。

ホステスである奥さんがサロンのテーブルにアペリティフ（食前酒）の準備をしている間、シャールさんにこっそり聞きました。「21時15分にお客さんに来てほしかったら、どうしてそう言わないの？」いつも合理的なものの考え方をする人にとっては、どうにもこのフランス人の習慣は複雑です……。

この夜は、4〜6人ぐらいでテーブルを囲むと思っていたのですが、到着するカップルが、4組、5組、6組、7組……と増えていき、私は完全に状況が掴めなくなってしまいました。

ホストの夫婦を入れて、総勢16人がアペリティフを飲んでいます。そこにいる人たちは、お互いに初対面の人もいるようですし、早くディナーを始めなきゃと焦る人もいませんし、ディナーが遅くなったら、ホストの夫婦に迷惑がかからないかと気にかける人もいないのです……。

パリジャンのアペリティフにかける時間の長さにはびっくりしました。すでに1時間です!! 私は空腹で倒れそうでした。時計を見ると、もう夜の10時を過ぎているではないですか!!

10時を回っても、ディナーが始まらないんです。

10時15分にようやくテーブルにつき、ディナーが始まりました。幸いにも、メニューはとてもシンプルなものだったのでよかったですが、どちらにしても、周りを見渡すとみんな会話に夢中で自分たちの食べているものにあまり

とってもパリっぽい友人宅の食卓。お皿もカトラリーも、グラスも……ひとつひとつ大切に集められてきたのだなあとわかります。壁の色は渋い赤でした!!

関心がないようでした。

また、女性も含めて、話題の中心は政治でした。日本では、選挙の時期や政治家のスキャンダルが発覚したとき以外、政治が会話の主題になることはありません。お互いの機嫌を損ねたり、嫌な雰囲気になるのを避けて、政治の話をしないようにします。

しかし、パリでは、まさにそれがみんなが求める目的のようです。つまり、みんな会話の中で興奮したり、苛立ちをあらわにしたりしています。発言をしない人には無理やり意見を言わせるし、でも一度意見を述べると、話が終わるのを待たずに誰かが話しはじめて中断される。

時々、誰かが独り言のように話しはじめ、誰も聞いていないと、他の人の関心を引くために、その声はどんどん大きくなっていきます。「なんで、友人同士でそんな振る舞いをするんだろう?」私には不思議でしかたがありませんでした。

たとえば、担当していた日本のテレビ番組のトークショーでは、私はいつも相手が話し終えるのを待ってから、次の質問をします。もちろん、この場

友人宅でのディナーテーブル。いつも美しくセッティングがされていて……研究をさせてもらっています!!

合は仕事の場でしたが、人数が多く、意見の交換を楽しむ場合はなおさら、相手が話し終わってから、次の話に移っていくというのは社会生活の中でごく普通なことです。

しかし、ここパリでは、明らかにこのルールは適用されないようです。お酒も入って、会話のテンションも最高潮に達します。ほとんどの人は白熱しすぎていて、けんかになるんじゃないかしらと心配になったくらい。

そして、深夜0時にデザートが始まりました。これにもびっくりしました。日付が変わっても、まだテーブルについているなんて！　それから、サロンに移って、カフェ・食後酒が続きますが、そこでも会話の勢いは衰えることはありません。これが、パリジャン宅で初めて経験したディナーでした。

私は退屈を紛らわすために、写真を撮ったり、当時、連載をしていた女性雑誌『FRaU』での記事の内容を頭の中でまとめたりしていました。

連載記事のこのディナーの内容に関して、多くの反応が寄せられ、読者は大変驚いたようです。パリでは、本当にそんなに遅くからディナーが始まるのですか？　また、約束の時間より遅く行かないといけないのは本当です

食後にシガーがサービスされることもよくあります。私も彼も吸わないので、わが家にはないのですが。シガーを楽しみながら、話はまだまだ続きます。

か？ といった質問がありました。このディナーは例外というわけではありませんと答えると、多くの読者の次の質問は、「それで、彼らは翌日仕事に行くのですか？」でした。

ディナーに行くにもパリでは体力が必要です。数年前から、つまり子どもが生まれてからは、ご招待いただくパリのディナーの何回かに1回は申し訳ないのですが欠席をしています。

でもどんな状況でも出席しなければならないディナーもあります。そういうときは、日本人の友達から「頑張ってね！（ボン・クラージュ！）」といった励ましのメッセージがくるほど。

友人の義理の両親、7区に住む耳が少し不自由なブルジョワの年配男性の家でディナーに出席したときは、友人の励ましだけでは足りないぐらい大変でした。

その夜は昔のフランスのステレオタイプを形にしたような、そんなディナーでした。有名作家2名、その妻（奥さん同士は犬猿の仲）、有名文芸評論家、新鋭の人気画家と娘ほど年が離れている愛人、定年退職した元大使とそのプライベート秘書。最初に言っておきますが、革命運動を企てるといった類のディナーではありませんから……。

私の左側には、ディナー中、ザルのようにグビグビお酒を飲みながら、大声で日本の政治について批判する元大使。

私の右側では文芸評論家が、「ルイ＝フェルディナン・セリーヌの死後、フランス文学は冷やかしでしかなくなってしまった」と言いながら、テーブルを一緒に囲むふたりの作家を筆頭に、あらゆるフランス人作家を厳しい批評で斬っていきます。

ほとんど耳が聞こえない、このディナーのホストは、ふたりの作家の妻たちに挟まれています。妻たちはライバル心をむき出しにし、ホストの関心を引こうとディナーの出席者の皮肉を並べ立てています。

画家といえば、この光景を見守っているといった感じでしょうか？　ものすごい量のワインを飲み、大げさに振る舞い、時々作家に対して檻に入れられたライオンのように吠えかかります。

パリの他人宅での食事が過酷なものであればあるほど、多くの人たちはしぶしぶ出席しているのではないかしら？　と思わずにはいられません。ホスト自身が義務感から招待しているのではないのなら、ホストの招待を断るのは心苦しいのではと思うのです。

シャールさんの知人（たいしてよくは知らない）が家に食事に来るようにと6か月間何度も何度も誘ってくるので、最終的に彼の自宅にお邪魔しました。食事の間、私はとても〝日本人的〟に振る舞っていました。つまり、自分からは話をせずに、理解できるところは礼儀正しく相手の話を聞いていたのですが、途中でやる気が切れていました。それぞれが、自分の仕事、心配事、政治やサッカーの話題まで、いろいろなことを話し出し、それはそれは重い食事（これが初めてのラクレット[※1]の経験でした）のあと、時間も遅く、目が閉じそうになってきたのです。

そして最後のカフェの時間になったときに、ホスト夫婦が赤ちゃんの様子を見てくると言ってその場を離れました。それから、ベビーフォンの小さな

友人宅でのパーティー。カクテルパーティーだったので、立食スタイル。最後はこうしてダンスパーティーに!!!　ちなみに立食スタイルのパーティーにはよくお寿司が出てくるのですが、シャールさんと私はよっぽどお腹が空いていないかぎり食べません……やっぱり何かが違う!!

スピーカーから奥さんの声がはっきりと聞こえてきたのです。「あのバカたち、いつになったら帰るのかしら？　とにかく早く寝たいわ……」このディナーの最後がどうなったのかはみなさんのご想像にお任せします……。

帰り道で、シャールさんに尋ねました。「どうしてパリジャンは、こんなに辛いことを自らに課すの？　そこまでしてやらなければならないの？　それともマゾなの？」「全然」とシャールさんは真面目に答えます。

「ひどいディナーに行くというのは、ひどいフランス映画を見に行くようなもの。つまり、必要不可欠なものなんだよ」「ふう～ん」

翌日、家でスープとパスタの簡単な食事をしながら、私たちは今、とても幸せだと感じました。

※1 ラクレット　チーズの断面を直火で温め、溶けたところをナイフなどで削いでジャガイモなどにからめて食べる料理。ヴァレー州を中心としたスイス全土、スイス国境に近いフランスのサヴォア地方などの伝統料理のひとつ。

友人宅でのディナーの帰り。いつもこんな感じで終わります!!　いえ、実は私はけっこう疲れていたのですが、なんだか同じノリになってきているかも……。

友人宅でのディナー。こうしてアペリティフのときには生バンドを聞きながら、おしゃべりをしながら、シャンパンを飲みながら過ごします。ディナーのあとは、生バンドの演奏に合わせて、ダンスパーティー!!!　下の階の人から苦情がこないかしら?　と心配をしながらも、楽しい時間。

友人宅のエントランスで、シャンパン持って記念撮影。なが〜い夜はこれからスタート!!!

Le rendez-vous 待ち合わせ

日本での待ち合わせで一番大切なこと、それは単純に約束の時間に遅れないということです。約束に遅れないようにするため、アポイントメントの間には十分な時間を取るようにしています。もし、5分でも遅れるようなことがあれば、相手に電話して遅れることを伝え、お詫びします。

パリで初めて待ち合わせをしたときのことです。約束の場所にいるのは私たったひとり……。自分が何か間違いをしたかのように思えてきました。もしかしたら、私が勘違いをしてしまっているのかも。もう一度スケジュール帳を確認したら、時間と場所は間違っていないのです。

それでも、私が書き間違えたのかしら？ と心配になり、時間とともに不安が募っていきました。約束の相手は何か事故にあったのかもしれない……。30分後、最悪のシナリオが頭をよぎりました。どうしよう……。心配で体が凍りつき、その場を離れることができずにいると、待ち合わせの相手が来ました。

こっちの気も知らないで、その相手はとびきりの笑顔で、「ボンジュール、お元気ですか？ 初めましして。お会いできてとてもうれしいです」遅れたことについて、なんの説明も、なんのお詫びもないのです。

というわけで、この相手にとって30分の遅れは〝ちょっと〟時間が押していただけで、遅刻のうちには入らなかったようです。このことがわかってから、待ち合わせには必ず本や原稿用紙を持参します。本を読みながら待っていると時間はあっという間にたちますし、こういうときって意外と原稿書きもはかどるのです。


仕事上の約束の場合も、とてもフランス的な方法に遭遇します。日本では、ミーティングに行くと、まず部屋に通され、コーヒーかお水か何かいかがですか？　と聞かれ、お客様として丁寧な対応を受けます。

相手はいつも約束の時間通りに準備をし、会議の進行はすべて決められ、分単位で進んでいきます。もし、16時45分に3分間のスピーチをお願いしますと言われたら、本当に16時45分ちょうどに出番が回ってきます。

パリでは、日本ほど時間に厳しくなく、会議などが時間通りに始まるなんてことはまずないと言ってもいいでしょう。廊下で20分、30分待っていても、

待ち合わせの必需品、本と原稿用紙です!!　待つ時間を楽しく、有意義に過ごすためには携帯電話だけではなく、素敵な仲間が必要です!!　大好きなカフェクレームとともに……。奥にあるのはレシートと灰皿。テラス席は喫煙ができるので灰皿があります。カフェが運ばれるとすぐにレシートを持ってくる店も!!

気にかけて声をかけてくれる人なんていませんし、すでに約束の時間になっていたとしても、カフェを飲みながらおしゃべりが続いています。

多くの会議では事前の準備がされておらず、じゃあ、残りは次の会議で決めよう!! と言って終了してしまうこともあります。どうして一度の会議ですべての議題が終わるように、事前に準備ができないのでしょうか?

来仏して間もないころ、シャールさんがある新聞から切り抜いたデッサンを見せてくれました。そこでは、シックなスーツを身にまとったフランス人たちが大きなテーブルを囲んで会議をしています。

その中のひとりが他の出席者にこう言います。「どうしてこの会議を行っているのかわかるまでは、この部屋を出てはならない!」と。

これを見たとき、ナンデ!? と思いましたが、今ではなんて現実をうまく言いあてていたのだろうと思います。

実際、ミーティングなどの雰囲気はパリのほうが東京よりもリラックスしていると思いますが、時にはくだけすぎでは……と思うことも実はあります。

以前、パリである会社の社長とお会いし、話も弾みとてもいいミーティングになりました。うまくいったので、きっと私をリラックスさせようと思ったのでしょう。その社長はお水を勧めてくれ、私はいただくことにしました。私はてっきり、その社長は秘書に電話し、お水を持ってくるよう頼むのかと思っていたのですが、そうではなく、彼が飲んでいたエビアンのボトルをそのまま私に差し出したのです。ナンデ!? ちょっとくだけすぎですよね。

フランスで仕事をするにあたって、日本人の友人たちの多くは、日本人には衝撃的すぎることにはできるだけ出合わないように気をつけていますが、簡単なことではありません……。

たとえば、名刺について。日本では、面談はまず名刺交換から始まります。もし面談を依頼したのがあなたのほうなら、名刺交換ではあなたのほうから名刺を渡します。なぜならあなたが「依頼者」という立場になるからです。

両手で名刺を持ち、名乗りながら相手に差し出します。相手の名刺を受け取るときは、両手で受け取りながら、相手の名前・役職・部署を読んで確認する時間を取ります。各人が相手の名刺を確認したら、それをテーブルに置いて、そして初めてミーティングが始まります。名刺は面談の最後には名刺入れに入れて、もちろんそれをメモ代わりに使う人はいません……。

ある日、日本に関する映画のプロジェクトを企画しているフランス人プロデューサーとお会いすることになりました。そのプロデューサーは日本人女性のコンサルタント（助言者）を探していたのです。

私は約束の場所に赴き、名刺を差し出しました。そのプロデューサーが最初にしたのは、私の名刺の裏に黒のフェルトペンでその日の日付と、なぜか映画のタイトルを書くことでした。

プロデューサー曰く、これはある大きなフランスのテレビ局の大規模な制作プロジェクトであり、彼自身日本文化が大好きで、そして監督は日本をとてもよく知っているとのことでした。

約束の時間は過ぎています。監督はこちらに向かっているとのことでしたが……直感的に嫌な予感がしました。

それから45分後に監督が現れ、到着するなり「やあ、私の名前はジャック……」と、西部劇のような自己紹介をしはじめました。そして、ジャックはひとり芝居調で、サムライ、ゲイシャなど決まりきった言葉を並べ立てていきますが、内容は支離滅裂……。

しかも、今回のミーティングの準備はまったくされていませんでした。まるで、バーで目立とうと滑稽なまねをするふたりのカウボーイを相手にしているような感じでした。

ミーティングの最後で、プロデューサーの名刺を受け取りましたが、その名刺はとても大きく、名刺入れに入らず、そのままバッグに入れました。

監督の名刺ももらいましたが、監督はその名刺に読めないほど汚い字でメールアドレスを追加し、「この名刺のアドレスは昔のものだから、こっちのアドレスのほうを使って」と。

このプロデューサーと監督が日本にいる姿を想像しながら、彼らの映画はうまくいかないだろうなと思いました。あれから数年たった今、映画制作の話は……どこかに消えてしまっています。

カフェでゆっくりと過ごす時間は、今の私にはとっても贅沢な時間。"カフェクレーム ビヤン ブラン"(ミルク多めのカフェオレ)と本があれば、それで十分!! あ、この写真では携帯電話をテーブルの上に置いていますが……パリでは禁物です!! 携帯電話で席取りをしたり、テーブルに置いたまま洗面所に行ってはいけません!! 盗まれてしまいますよ。

Le métro　地下鉄

パリのメトロに関しては批判的な意見もありますが、私はむしろ、メトロがパリを好きになるきっかけでした。

まず、私が感動したのは、妊婦さんや小さい子ども連れの女性に対する気遣い。メトロの階段で、スーツを着たサラリーマンがベビーカーを抱えた女性へ手助けを申し出る姿を見るのは、本当に心が温まります。

子どもたちと一緒にメトロに乗ると、必ず誰かが座席を譲ってくれたり、ベビーカーを抱えて階段を上がるのを手伝ってくれます。このようなことは日本では残念ながらありませんでした。

そして、パリのメトロが好きなもうひとつの理由は、ラッシュアワー時に、お尻や胸を触ってくるような男性が絶対にいないことです……。

まだ学生のころの話ですが、ある日のこと、東京の地下鉄で3人の男性に囲まれて動けない状態になりました。そして、ひとりはお尻、もうひとりは胸、そして3人目は腿のあたりを触ってくるではありませんか!!　私は硬直状態でどうしたらいいのか……怖くて声も出ませんでした。幸いにも近くにいた年配の女性がその男性たちの行動を見ていて、大声をあげたのでことな

券売機です。パリ市内はメトロ内の改札を出なければ、どこで、何回乗り換えても料金は同じなので、券売機もいたってシンプル。1枚買うのか、10枚買うのかそのどちらか。でも、観光客の方はよく機械の前で考え込んでいます。私も最初は窓口で買っていました!!

きを得ましたが……。

パリジャンの友人曰く、もちろんパリにも痴漢はいますが、日本のように頻繁に起こることではないようです。だから、日本の多くの路線にあるような女性専用車はパリには存在しないのです……。

それから、パリのミュージシャンたち！　これもパリでしか見られない光景で私は大好きです。もちろん、ひどい演奏で、その演奏をやめさせるためにしかたなくお金を渡すなんてこともありますが……、素晴らしいミュージシャンもたくさんいます。

この光景は、東京の地下鉄では決して見られないことです。東京の地下鉄のほうがパリのメトロよりかなり現代的ですが、時に人間的な温かさに欠けているように感じることもあります。

メトロを使うようになったときにとても驚いたのが、パリの乗客の多くが何もしていないということです。車両で、居眠りをすることもなく、本も読まず、音楽も聞かず、しかめっ面で次の駅を待っているのです。もしかした

どこの駅にもある、いわゆる案内所。でも、大きな駅以外はあまり駅員さんがいるのを見かけたことがない……。この日も「すぐに戻ります」と書いてありましたが、戻ってこなかった……。

ら、それが理由でメトロのミュージシャンが好きなのかもしれません。

乗客全員の表情から悲しさ、憂鬱さを取り除いてくれるからです！　それに、タダでほほえんでくれるような人もなかなかいないのがパリなのです。

しかし、メトロで繰り広げられるすべてのパフォーマンスが元気を与えてくれるわけではありません。

「私の名前はルネです。仕事を失い、住むところもありません。どなたか、少しのお金かレストランチケット※2をめぐんでいただけないでしょうか？」

パリに住みはじめてから、メトロで物乞いをする人の数がものすごく増えていて、これがメトロ使用者であるパリジャンたちの気分を暗くしているのでは？　と感じるほどです。

急にひとりで大声で話しはじめる乗客もよく見かけます。「サルコジはどうしようもない！　殺してやる！」私はというと、完全に怯えて、子どもたちの手を引いて、足早にその場を離れます。しかし、怯える私を見て、怖がることはないよ、普通のことだからと、簡単なジェスチャーで示してくれる乗客が毎回います。すべては普通のことだと……。

バスの路線図の横（写真右側）には、「笑ってください！　あなたは映されていますよ！」というステッカーが貼ってあります。ピックポケット（スリ）などの防止のためでしょう。とっても大切なアナウンスですが……堅苦しくなくていいでしょう？

※2　レストランチケット　フランスでは、多くの会社は社員にランチ代を払います。それは、お金でなく、レストランチケットというものです。5〜12ユーロのチケットがあり会社側が金額を決めます。

でも、同じ車内には、ちょっと身が引き締まるようなステッカーも貼ってあります。それがこちら。携帯電話の形をしたステッカーには……「公共交通機関や駅で発生する窃盗の半数以上は携帯を狙ったものです」と書かれています。そう、日本では想像もつかないでしょうが、携帯電話は狙われているのです。

パリが真っ白になった日!!　アパルトマンの中庭で子どもたちと雪だるまづくり。私はしっかりと体調を崩しました。パリも雪には弱く、交通機関がストップ。大騒ぎの雪の一日でした!!

Les courses　お買い物

シャールさんと一緒に、東京のスーパーで、買い物をしていたときのことです。買い物カートを押しながら売り場を回っていると、お腹が空いたシャールさんは突然、カートに入れたお菓子の箱を開けて食べはじめたのです。ナンデ!?

彼から箱をもぎ取り、その箱を持って慌ててレジに向かいました。「なんで、慌ててレジに行くの？ まだ買い物は終わっていないよ」と私の行動に驚くシャールさん。それでも、彼の犯したことをなかったことにするために、できるだけ早くこのお菓子の精算をしに行かなければならなかったのです。

そのとき、シャールさんは、日本人は融通が利かないなあと私の行動をおかしく思ったそうです。でも私は、なんでフランス人はスーパーでも自宅にいるように振る舞うの？ と不思議に思っていました。

フランスのレジ係は、商品をレジに通しながら、他のレジ係と個人的な話をしたり、チューイングガムを噛んだりしています。客は、レジに通った商品を自分でできるだけ早く買い物袋に入れなければなりません。

パリでは、床に野菜が落ちていたら、いつまでもそのままで床の飾りの一部になっています。瓶が割れたりすると、もちろん片付けに来てくれますが、でも急ぐということはまったくありません。ことわざにあるように、「これ以上、下に落ちることはない」からでしょうか⁉

ですからシャールさんにとって、お菓子を食べたぐらいまったく大したことではなく、逆に私の過激なリアクションのほうが、彼にはおかしく見えたようでした。

しかし、この事件が起こった数か月後、東京で娘と買い物をしていたら、長女が棚からアメの袋を取り、自然にその袋を開けているではありませんか！　そのとき、店には大勢の客がいて、私と一緒にいた友人たちみんなが声を揃えて彼女に叫んだのでした‼　「ダメ、ダメ、そんなことしちゃダメよ！」すると、娘はこう答えたのです……。

「だって、パパ、いつもこうしているよ！」

フランスではレジを待つときの列も奇妙です。私はどこに並ぶものなのかといつも思っていました。右？　それとも左？　お店がルールを決めていないので、誰もわかりません。ですから、最初に店員の注意を引いた人が勝ちといった感じです。

そして、店員のきちんとしたサービスを受けられるかどうかは、「常連」かそうでないかによります。私がパリで初めてマルシェで買い物したときのことです。私が買ってきたものは、腐ったイチゴ、元気のない葱、枯れたレタスでした……。シャールさんはそれらの品を見て悔しそうに「そう、わかったよ、みんな君を観光客扱いしたんだな」と言いました。

シャールさんは「自分の行きつけのお店」を紹介する!!　と言って、彼にとって一番大事なお肉屋さんから始めました。

「今にわかるよ。この店の主人はすばらしいんだ。彼の店の商品はパリで一番のクオリティーだよ。彼はテレビの料理番組のアドバイザーもしているし、それにとても気さくでいい人なんだ……」と、行く途中でシャールさんは説明してくれました。

お店に着き、彼がガラス戸を開けたとき、私は彼のあとをついて行きながら、心臓はドキドキでした。「パリのお肉屋さんのスターに会うのに、私ちゃ

熟成肉で有名なお肉屋さん。パッと見たら、お肉屋さんには見えない外観。ここは、大きなお肉も美しく並んでいます。

ん と身だしなみは整っているかしら?」そんな考えが頭をよぎったのでした。

巨大な口ひげを生やしたムッシューが、カウンターの後ろにどっしりと構えていました。彼は血の跡がついた白いエプロンをしていました。ご主人はシャールさんと会話を始めたものの私の耳にはほとんど会話は入ってきませんでした。なぜなら、私は目の前で繰り広げられるスペクタクルに目が釘付けになっていたからです。

巨大なフックの端にだらりと吊り下げられたたくさんのウサギ、口を開けて白い紙ナプキンの上に横たわった1ダースの小鳥(あとで、これはウズラだとわかりました)、その何センチか先には、血がちょろちょろ流れている大きな肉の塊(あとで、羊の腿肉だとわかりました)、他にもハムの塊や様々な小さい動物の部位がありました(あとで、多くのフランス人は子羊の足や脳みそ、豚の耳が大好きだと知りました……)。

私がわずかにあとずさりしそうになったとき、腰を曲げて巨大な肉の塊を背中に乗せ、辛うじてバランスをとりながら運ぶ店員を見たのです。私の当惑した顔つきを見たお肉屋さんの主人、ムッシュー・シャモワソーは、私に

ソシソン(サラミ)をスライスしてもらっています。丁寧に一枚一枚、薄紙の上に載せられて……。

説明しました。

「これは、豚ですよ。かわいいマダム。火曜日が配達なのです!」

シャールさんは、今が私を紹介するときだと考え、「ムッシュー・シャモワソー、私の妻のエリコです。彼女にこの界隈のお勧めのお店を紹介しようと思って。もちろんあなたのお店から始めました。エリコは日本人です」とムッシューに紹介しました。

「ああ〜」ムッシュー・シャモワソーは、狭い道にトラックを三重駐車して、そこからハアハア言いながら、大きな豚肉の塊を店内に運び込む店員に目を向けながら言いました。

このご主人は、自分たちとは文化の違う日本人女性には「良質の肉を提供する」という自分たちの価値観を理解してもらえないだろうと思ったようです。

日本では、仏教や神道において、肉は不純なものと見なされ、長い間タブーとされていました。そして、21世紀になった今も、欧米人に比べれば、日本人は肉をあまりたくさん食べません。日曜日に3キロのロースト肉なんか買

大きな肉がこんな風に並べられていて……びっくりするけど、おいしそう!!!

わないのです！

　ムッシュー・シャモワソーのある質問が呆然とした私を現実に戻しました。

「ムッシュー・バルト、いつものように若鶏の首も入れておきましょうか？」

　私がさらに口数が少なくなったと感じたシャールさんは、私の同意を得るのは無理と、さみしそうに「今回は……けっこうです、ムッシュー・シャモワソー。ありがとう」と答えたのでした。

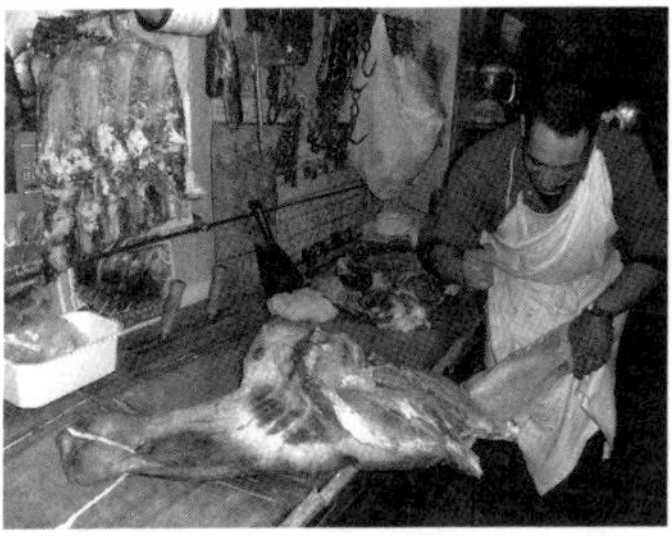

近所のお肉屋さん。さすがにこの大きさでは料理はできませんが……必要な量に合わせて、ご主人が大格闘!!　もう見慣れた光景です。

マルシェは生活に欠かせない場所。食料品だけでなく、お花屋さん、洋服屋さん、鍋屋さん、リネンのお店など……見て歩くだけでも楽しい!!

マルシェにはこんなに様々な種類のじゃがいもが！　料理に合わせて、じゃがいもを選びます。お店の人との会話も楽しい。

行きつけのマルシェのジョエルさんの野菜は、味が濃く、そのまま食べたい!!　トマトも色とりどり。プチトマトは赤、黄色、紫っぽい色まであって、どんなにたくさん買っても……子どもたちも私もおやつ代わりに口に放り込んでいます!!

これ……白アスパラガスです!!!
すごいでしょう?

Les grands magasins　デパート

日本のデパートでは、「いらっしゃいませ!」と笑顔で迎えられます。もし何か商品を真剣に見ていたら、店員が「何かお探しでしょうか?」と丁寧に訊いてくれます。時にはマニュアル通りの対応だと感じることもありますが、それでも気持ちのいいものです。

授乳室もありますし、子ども用のトイレや子どもたちが自由に遊べる、監視員がいるテラスもあります。私は買い物をするというよりも、家族や子どもたちと楽しい時間を過ごすことが目的で、デパートに行くことが多いです。

そんな私ですから、パリのデパートはどんなに素敵なのだろうと思っていました。なぜならパリのデパートは日本のデパートよりも評判がよく、観光名所のひとつのようになっていますよね。

初めてパリのデパートに行ったときのことです。思いっきり満喫したいと思って、開店時間に行きました。デパートは開いているのですが、店員たちの準備ができていません。

1階では店員が化粧をしていて、2階では店員同士で話し込んでいます。3階では従業員が清掃を終えようとしていて、4階では商品を棚に陳列しているところで、5階ではレジがまだ閉まっています。

まるで、パリのデパートでは機械を始動させる前にウォーミングアップが必要という感じでしょうか?　東京では、開店とともに「いらっしゃいませ!」と言って迎えてくれるのに……。

閉店時間近くにパリのデパートに行くのもお勧めしません。というのも、店員は自分が疲れていると、それを客にわかるように態度で表すからです。

ある夜のこと。フロアに入っていくと、店員がわざと私を無視しているように感じました。私が近づくと、視線を合わせないようにする店員もいれば、とても忙しそうにしている店員もいます(私にはなんで忙しいのかわかりませんでしたが……)。

でも、思いきって店員に声をかけました。「ボンソワール、マダム……、ボンソワール……シル　ブ　プレ(お願いします)……」誰かが用件を聞きに来てくれると思っていたのですが、誰も動こうとはしません。

ある店員はスカートの陳列棚の後ろから動かないと決めているような感じで、別の店員は香水の瓶をカウンターに並べるのに没頭しているように見えました。

私は香水を並べている店員さんに声をかけようと心を決め、ショーウィンドウに飾ってあるワンピースの色違いがあるかどうか尋ねました。するとその店員は、「ここにあるのが全部です、マダム！」と笑顔もなく、私のほうも見ずに答えるのです。まるで店員の中で一番疲れているのは彼女であることを察してくれと言わんばかり。その彼女を選んで声をかけた私が悪かったのかしら？　と感じました。

私は何も悪いことはしていない!!　と自分に言い聞かせながらその場をあとにし、下着売り場に行きました。ソルド（バーゲン）の時期だったので、大きなワゴンには値下げした商品が入っています。私は、とても得した気分で、最終的にショーツ2つとブラジャー2つを選びました。

すると、店員が背後にやってきて、私が選んだものを取り上げてこう言いました。「こんな風にはしないでくださいよね！」え？　私は何かいけないことをしたの？　理解ができなかったのですが……いったい、何がいけないのかを聞くと、「はあ〜〜（大きなあきらめた感じの溜息）、ショーツとブラジャーのブランドを混ぜないでいただけますかっ!!」とのこと。そんなことどこにも書かれていないのですから、知るわけもありません。

こんな店員の対応で、パリのデパートはどうして人気スポットなのでしょうか？

悲しくなってデパートを出ようと思いましたが、ちょっと思い直して、シャールさん用のコーヒーカップを置くトレーを探しに行きました。シャールさんはデスクワークをしながら、カフェやお茶を飲むのが好きなので、そのためのトレーが欲しかったのです。

ペイントされた木製のとてもきれいなトレーを選び、プレゼント用の包装をお願いしました。

その夜、シャールさんにそのプレゼントを渡して、彼がプレゼントを開ける前に、カフェを用意するために急いでキッチンに行きました。それから10秒ぐらいして、シャールさんの叫び声が!! 慌てて行ってみると、シャールさんの指から血がポタポタ流れているではありませんか！

「エリコ、トレーはとても素敵だけど、釘が出ているよ」

翌日、商品を交換してもらおうとそのお店に行きました。丁寧に店員に状況を説明すると、「マダム、家に帰ってペンチで出ている部分の釘をカットしてください。それが一番簡単な方法です」ナンデ!? 私の家にはペンチがないですし、それよりも何も私は新品を買ったのです。これって欠陥品じゃないの?

彼女は一度もお詫びの言葉を口にしませんでしたし、解決法を探そうともしませんでした。反対に、私にペンチを買いに行くように勧めるのです! 日本では、基本的にはそんなことはありませんし、店員は誠意ある対応をしてくれます。

シャールさんが日本に住んでいたときのことです。そのとき彼の仕事場は銀座でした。古いお店も多い、とても落ち着いた街です。

ある日、会社の近くのお店に行き、ベルトラン・ビュルガラ(Bertrand Burgalat)のCDを買いました。家に帰ってCDを開けてみると、CDに傷がついていました。翌日、お昼休みにその店にCDを持って行くと、何も聞かずにすぐに新しいCDと取り換えてくれ、店員はいつまでも詫び続けていたそうです。

ＣＤに傷がついていたのは、その店員のせいではないですし、最後にはシャールさんのほうが申し訳なくなってしまったようです。

彼にとっては、交換をしてもらえれば問題のないことで、すぐに店員が対応をしてくれたのでそれで十分だったわけです。店員がずっと謝り続けているので、逆に彼のほうがびっくりしてしまいました。


今では、パリのデパートに、日本のデパートと同じようなサービス、またはそれ以上のサービスを望まないようになりました。ただ、多かれ少なかれ、店員が好意的な時間帯もあるのだとわかりましたし、とても親切な店員だっています。機嫌の悪い店員にあたってしまったときには……しょうがないなあと諦められるようになりました。

しかし、そんなやさしくない店員の対応も気にならないときがあります。試着室の前を通るときに、店員と客のとてもリラックスしたやり取りを目にしたときです。

試着室がいっぱいのとき、空いたスペース（そこは店内だったりします）で着替えながら、半分衣服を脱いだまま、客が店員とおしゃべりをしているのです。日本ではちょっと考えられないことでしょう？

今となっては笑い話の事件。シャールさんと東京のお店でパンタロン（ズボン）を選んでいたときのこと。実際、私の旦那さんはフランス人であるうえに、幼少時はコート・ダ・ジュールで過ごしているので、恥じらいの概念が日本人とはまったく違うのです。

私が注意をしていないと、彼は試着室の扉も開けっ放しで着替えます。彼の試着室の前を通る日本人全員が慌てて顔をそむけ、まるで見てはいけないものを見てしまった……という風に大急ぎで通り過ぎるのを見て、私は初めて気づいたのです!!

紳士服のエリアにいたからまだよかったものの、もしシャールさんが着替えていたときに女性がそこを通っていたら……。

私はすぐに、シャールさんの試着室のドアを閉めに行きました。しかし、彼の姿はありません。すると、売り場の真ん中で、カルソン[※3]姿で手を腰にあて、動揺している店員に他のサイズがないかどうか聞いているではありませんか……そのときの私のパニック状態についてはなんと説明していいのかわかりません。

そのとき私の口から出てきた言葉は、「すみませ～ん、彼フランス人なんです。すみません、フランス人なんです……」でした。そして、私はそうやってその場にいた方たちに詫びるしか……それしかできなかったのです。

※3 カルソン　ボクサーパンツ、トランクス、股引などの型の下着の総称。

ギャラリーラファイエットのクリスマスディスプレイ。毎年テーマがあり、その
ディスプレイを見るためだけにくる人たちもいるほど。とにかくすごい人なので
……スリに注意!!!

Le mariage　結 婚 式

日本に存在して、フランスには存在しない職業があります。私もよく日本でさせていただいていましたが……それは司会です。結婚式の司会のことです!!

日本では、多くの結婚式がだいたい同じような内容で取り行われており、かなり形式化しているといえますよね。そのためシャールさんと結婚式の準備をしていたとき、誰が私たちの結婚式の司会をするのか尋ねました。

「エリコ、司会は誰もしないよ」

「でも、それじゃどうやって式は進行していくの?」

「それは、自然に進んでいくものさ……」

それを聞いて、私は結婚式がどうなるのか心配でたまりませんでした……。

フランスの結婚式のスタイルがよくわからないうえに、当時の私のフランス語の語学力はまだまだでしたから、細かい準備はシャールさんに頼るしかなかったのです。シャールさんが主に準備を進めてくれていましたが……とっても不安になってきました。

プログラムも司会もなく、どうやって式は進んでいくのか? 友人たちの結婚式に出席すればするほど……不安は募っていきました。

ある友人の結婚式では、新郎新婦は下品さをほのめかしながらヴァカンスの写真をプロジェクターに映し出し、その両親は「チンチンチン～!!」とグラスをナイフで叩いて立ち上がり、彼らの知り合いにしかわからないようなユーモアを交えたスピーチをするのです。

こんなに決まり事がなくていいのでしょうか!? 日本から家族、友人たち60人ほどがわざわざフランスまで来てくれるのに……大丈夫なのかしら？と落ち込むほどでした。

シャールさんは何度も「エリコは何も心配しなくていいから……。僕がちゃんとやるから……」と言ってくれていたので、その言葉を信じるしかありませんでした。

シャールさんから言われた私の唯一のミッションは、ウエディングドレスを決めること。ある夜、気に入ったレンタルドレスを見つけたとシャールさんに誇らしげに伝えると、「レンタル?」と怪訝そうなシャールさん。

「そう、1回しか着ないものでしょ。日本ではウエディングドレスはレンタ

友人の結婚式でイタリアに行きました。山の上での挙式……私たちはこんなスタイルで!!

ルする人が多いのよ!!」

「フランスではそうじゃないよ、エリコ。僕は君に気に入ったドレスを着てほしい!!」

結局、シャールさんがウェディングドレスを仕立てる手はずを取ってくれました。一度しか着ないドレスにこんなにお金を費やすなんて……。

でも、今ではよくわかります。フランスの結婚式に対する考え方はとても真摯で素敵です。一生に一度の結婚式なのだから……一日中、そのドレスを身にまとっているのです。こういったこともきっと、「フランス人はロマンティスト」と言われる理由のひとつなのでしょうね。

こうして、この結婚式のために仕立てたドレスを着て、サン・ポール・ド・ヴァンスの教会で結婚式を挙げ、パーティー会場となるレストランがあるアンティーヴのビーチにみんなで向かいました。

ビーチには、いくつものテントが立ててありました。招待客の座席を決めるにあたっては、本当に頭を悩ませました。日本人招待客の大半はもちろんフランス語が話せませんし、英語が話せる人も数人しかいなかったからです。

でも、せっかくですから国籍を交えて、様々な人たちが言葉の壁を越えて、楽しく一緒に過ごせる一夜にしたかったのです。テーブルプランに一番時間をかけたかもしれません。

司会もなく、本当に滞りなく進んでいくのか最後の最後まで不安でしたが……シャールさんは「大丈夫だよ!! 自然に進んでいくものだから!!」と。

彼は正しかったのです。結婚式はなんの問題もなく、自然にうまく進んでいきました。

今から数か月前、うれしいことに私たちの結婚10周年を祝うため、もう一度結婚式をしようとシャールさんが提案してくれました。私は快諾し、こういうフランスの慣習が私は大好きだわとシャールさんに告げると、「いいや、フランスの慣習じゃないよ。ただ、今僕の頭に浮かんだアイデアだよ」と彼は言いました。

「まさに、それがフランスの慣習なのよ。つまり、いつも新しいロマンティックなアイデアがあるってことがね!」と私はシャールさんに言いました。

9

10

11

13

12

14

15

16

のです。それがこんな形でまた集まれることになるとは……でも結局、このボトル……また飲まないまま次回に取っておくことにしました!!　味は……大丈夫かなあ？ **11.** パーティー会場でのアペリティフは、海の上に浮かぶ橋の上で……。出席者が向かっていきます。 **12.** 義母と母と私と……会うといつもこんな風に３人でおしゃべりをしています。 **13.** やはり2001年のときと同じように、母がエディット・ピアフの歌をフランス語で歌ってくれました。私が言うのもなんですが……あのときも、今回もフランス人が大感動をしてくれました!!　録音をして子どもたちに聞かせている友人もいるくらい。大好きな母に感謝の気持ちを込めて……ありがとう!!　と抱きついてしまいました。 **14.** パーティーのとき、日本のようにひな壇はありません。中央に新郎新婦と立会人が座るテーブルがありますが、パーティー中、私たちがテーブルにいたのは誰かがスピーチをするときだけ。あとは私はシャンパンを飲みながら、会場をウロウロしてました。それが楽しいのです!!　**15.** 私たちからのあいさつ……でもすでに酔っぱらいの私は……彼の言ったフランス語を日本語に訳すことができず……みんな大笑い!!　新婦がこんなに飲んでいいの〜？ **16.** フランスお決まりのダンスタイム!!　み〜んな踊ります。子どもたちも踊りました。1歳の次女も元気に起きていて……私と一緒に踊りました!!　すでに日付は変わっています……解散になったのは……朝4時半です。

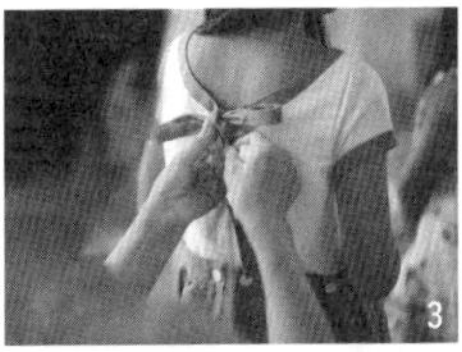

2011年の再結婚式　**1.** ギャラリーから教会へ向けてさあ、出発!!　サン・ポール・ド・ヴァンスの教会に行くのには、石畳の道を歩いて上がっていくしか方法がありません。2001年の式のときには、義両親の友人の子どもや親せきの子どもたちが私たちに付き添ってくれましたが……10年後には私たちの子ども、甥っ子姪っ子が付き添いに!! **2.** 教会での式のあとは、石畳の道を下りてきて、広場にあるカフェでお客様たちとワインを飲みながらおしゃべり。南仏の伝統的な楽隊の演奏を聴きながら……。**3.** 付き添いの子どもたちにはお揃いの服を用意しました。子どもたち、甥っ子姪っ子の緊張は頂点に達していました!!　自分たちは“とても重要な役割を授かっている”と。**4.** オールバックの花嫁!! **5.** 結婚10年目の“再結婚式”のために南仏のニース空港に到着。別に合わせたわけではないのですが……なんとふたりとも同じような格好をしていました!!　似た者夫婦？ **6. 8.** 教会での式の様子です。彼はほとんど泣きそうになっていました……厳粛で、穏やかな時間が流れていました。**7.** 立会人も2001年のときと一緒。聖書の一説を朗読しているシャールさんのお姉さんはニューヨーク在住。念願かなっての私たちの式への参列です。2001年は……9月11日のテロの影響でフランスに来ることができませんでした……私たちの式は9月15日だったのです。**9.** アンティーヴのパーティー会場。きれいでしょう？ **10.** このシャンパンは2001年のときにパーティー会場に置き、出席者にサインをしてもらった記念のボトル。そのとき、「10年後にみんなで飲もう!!」と言っていた

シャールさん流の10年目の《再結婚式》は、10年前とまったく同じにすることでした。というわけで、あの日から10年後に私たちは同じドレス、同じモーニングを着て、同じ教会で式を挙げ、同じ海岸のレストランで、10年前と同じ仲間と、そしてこの10年で増えた仲間たちと一緒に時間を過ごしました。

唯一、変わっていたのは……当時カップルで出席してくれていた仲間は子どもたちを連れて出席してくれ……そして私たちはこの10年の間に授かった愛おしい3人の子どもたちと一緒に式を挙げたことでした。

本当に感動し、楽しい式だったのです。

この《再結婚式》で私は、普通のフランス人女性がすることのない経験をしたようです。それはドレスのサイズを変えずに、もう一度、着ることができたということ。

みんなにうらやましがられました!!

それから、今回はストレスを感じることなく式に臨めたので、フランス流の「ナチュラル」な雰囲気を十分に楽しむことができました。

初めての結婚式では、食事が終わる前に招待客が席を移動するのを見て、何か都合が悪いことでもあるのかとシャールさんに尋ねたのですが、今回は、私自身も何度も席を移動し、日本から来た友人たちも好き勝手に動きながら、パーティーを楽しんでくれていました。

パーティーが終わってから、友人たちは口を揃えて、こんなに楽しい結婚式は初めてだったと言ってくれたのです。

再結婚式の翌日。式やパーティーは土曜日、日曜日はブランチ……とフランスの結婚式は2日にわたります。ブランチも前夜と同じレストランで。みんな水着持参で泳いだり、食べたり、飲んだり……子どもたちと甥っ子姪っ子たちがこの日のために準備をしていたダンスを披露してくれました!!

Les policiers 警察官

みなさん、フランスの警察と日本の警察の違いをご存知ですか？

バッグが盗まれた場合、日本では交番などで被害届けを出すために待つのは15分。届け出の手続きに4時間かかります。

パリでは4時間待たされた挙句……手続きは15分で終わります。

まあ、ちょっとオーバーなたとえかもしれませんが、でも事実でもあるのです。

いったい、どういうこと？　って思われますよね。

つまりそれだけ、日本とフランスが違うということ。実は2005年に多くの警察官が、盗難などにあった日本人被害者の対応のための教育を受けました。

もちろん、日本でもスリや引ったくりなどはありますが、その数はパリに比べたらとても少なく、パリで不幸にもその被害にあってしまった日本人の不平不満をきちんと受けつけるための教育がなされたのです。

スリなどにあい、ショックを受けているうえに、届け出のために向かった警察署で警察官にぞんざいな態度をとられたら……警察官の対応が日本人に

シャンゼリゼにズラッと並んでいた警察車両。いったい何人のポリスが乗っているのかしら？

とって、第二のトラウマとならないように……。

日本の警察官は人の話を聞いてくれる親切な人が大半で、日本人はそんな警察官に慣れています。財布をなくして家に帰れないときは、交番に行って、警察官に事情を説明すれば、帰宅に必要な少額のお金を借りることもできます。もしパリでお金を貸してほしいと警察署に入ったら、きっと逆に逮捕されてしまうんじゃないかしら？　と思います。

日本では、交番の警察官から市役所、税務署、郵便局にいたるまで、職員はその多くがとても親切で、人々の問題を解決するための手助けをしてくれます。それに、日本では個人が記入して提出する書類がフランスより少ないので、あまり問題もないのです……。

フランスに住みはじめてしばらくしてから、フランスの行政書類の多さにかなりびっくりしました。

シャールさんはすべての書類は少なくとも10年はきちんと保管をしておくようにと私に言いました。もともと書類整理が好きな私は、きちんとファイリングをして見やすいようにまとめましたが……でもあまりの枚数に頭が痛くなったほど。

そして、もちろんすべてフランス語ですし、実際に記入をするのもまるでひっかけ問題のテストに答えるような感じで……すごく難しい。

あたりまえです。だって、この書類への記入って、どのフランス人に聞いても、「私たちでもよくわからないのよ!!」と。

だから、書類の書き方がわからないときには、パリに住む友人のケイコやシャールさんに聞くのですが……ふたりの答えが同じだったことがなく……私はよけいにこんがらがってしまいます。

役所などでも人によって、答えが違います。今では〝そういうものなのだ〟と思えるようになりました。それでも、郵便局や区役所などで、私の質問に対して一生懸命に説明をしてくれる職員に出会うと、それは日本だったらあたりまえのことですが、こちらではまるでその日は神様がそばにいてくれているような気持ちになり……感動してしまいます。

パリの警察官が親切に笑顔で道を教えてくれたりすると……やっぱりとても感動してしまいます。

ブルーマリンのユニフォーム姿の警察官。本当は写真撮影はいけないそうですが……「日本で出版する本のために……」とお願いしたら、小さく頷いてくれました!

でも……一度、とても悲しくなる出来事がありました。もう5年も前の話になります。

仕事のために、当時赤ちゃんだった息子をベビーシッターさんに頼みました。

仕事が終わり、お支払いをしようとしたとき……お財布に入っているはずの現金がかなり減っていることに気づいたのです。そのシッターさんとその他の支払いのために、必要な金額をちゃんとお財布に入れていたはずなのに。

お財布の入ったバッグは朝から玄関の椅子の上に置きっぱなし。私は家から一歩も出ていない。え～、まさか？　でも、目の前にいるシッターさんしか考えられない？

急いでシャールさんに電話をするけれども、どうしても戻ってこられないとのこと。

私は意を決して……彼女に聞きました。

「お財布の中からお金が消えたの。あなたは知らないですか？」

彼女は顔色ひとつ変えず、自分のバッグの中やジーンズのポケットを見せてくれました。

でも……確信をしていた私は警察に電話をしたのです。

「すみません、今私の目の前にお金を盗んだ女性がいるのですが……すぐに来ていただけますか？　子どもも一緒にいるので……」

電話の相手は明るい声でこう言いました!!　「あ〜マダム、今、忙しくてここを離れられないので、あなたがこちらに来てください」

はあ〜〜〜？

意味のわからない返答。えっ？　フランスの警察って命の危険でもないかぎり、何もしてくれないの？

結局……逃げられてしまいました。

私は警察官の顔も見たくなかったので……シャールさんが警察署に被害届けを出しに行ってくれました。

そこでわかった驚きの事実。このシッターさんは管轄の警察署に被害届けが山のように出ているプロの窃盗犯だったのです。

担当刑事が言いました。

「あなたの奥さんが電話をかけてきたときに、誰かがそちらに向かっていればば……いったい、誰がそんな対応をしたのだろう？」

こんな体験をしてしまったけれど……それでも反射的にこう考えてしまうのです。警察官は困った人たちを助けるためにいるのだと……。

この男性たちはGENDARMERIE（ジャンダムリ）と呼ばれる国家憲兵隊。フランスでは陸軍、海軍、空軍に次ぐ第4の軍隊といわれています。けっこう重装備をしていることも多く……でも「写真を撮ってもいいですか？」と聞いたら、離れていたところにいた人たちもやってきて「一緒に撮ったら？」と。記念撮影になりました。やさしいお兄さんたち（あ、多分年下だなあ）でした!!

La grève　ストライキ in パリ

初めて「ストライキ」という言葉を聞いたのは、私が小学生のときだったと思います。

学校に行く準備をしていると、クラスメイトのお母さんから電話が入りました。ストライキで電車が止まっているため、最新情報が入るまでは自宅待機とのこと。

今のようにメールがある時代ではありませんから、プリントされた連絡網の順番通りに次の人へ電話を入れ……私はこのまま学校がお休みにならないかな? とちょっとワクワクしていました。

でも7時過ぎの電話は、私をがっかりさせました。電車は通常運転に戻ったとのこと。あ〜、残念。私は、支度を始めました。

その夜、母が説明してくれました。電車の運転手たちはストライキ中であることを示すために腕章を腕につけ、朝の5時〜7時までストライキを起こしたこと。利用者に対する支障ができるだけ少ないように、そして企業を危険に陥れないことを原則として、ストライキは行われるものだと。

フランスでストライキは「グレーヴ(grève)」と言います。フランスに住みはじめて最初のストライキはいつだったかしら？　そんなのもう思い出せません。というのは、フランスでは、本当に頻繁にストライキがあって、もう日常の一部となっているから。

ＳＮＣＦ（フランス国営鉄道）、エールフランス、ＲＡＴＰ（パリ交通公団）、ＥＤＦ（フランス電力）、社会保険事務局、郵便局、ＲＦＩ（フランス国際ラジオ局）、フランス国営ラジオ局、美術館、看護師、医者、トラック運転手、タクシー運転手、教師、高校生、大学生、警察官、弁護士、サッカー選手、オペラ座のダンサーたちなどなど……。数え挙げたらきりがありません！　まるでストライキ天国!!

日本のストライキと大きく違うところは、日本では利用者に対する迷惑が一番かからない時間帯が選ばれますが、フランスでは反対に利用者に一番支障をきたす時期を狙ってストライキが行われること。たとえば、年末や大型休暇の前などです（当然といえば、そうですよね。そのほうが相手にプレッシャーを与えられますから）。

ストライキやデモのスタイルは、日仏の文化の根本的な違いをとてもよく表しているといます。パリのデモ参加者は、道路を陣取り、交通を思いっきり妨げ、旗を振りかざしながら、できるだけ大声をあげてデモ行進を行います。

一方で、日本のデモ参加者は、できるだけ交通の妨げにならないように道路の端を歩き、腕に「ストライキ決行中!!」の腕章をつけているだけ。フランスは、権利や要求を勝ち取った歴史を持つ国で、日本は義務や自分の責務を果たすことを美徳とする国だといえると思います。

というわけで、その日本文化で育った私が一番びっくりしたことは、公務員が自分たちの権利を守るためにストライキを行うということです！　なんで公務員が〜！　日本なら、国家・地方公共団体を代表している公務員は、彼らのサービスの重要性を利用者に示すためにより懸命に働くのが普通とされるのに！

そうはいっても、ひとつフランスのストライキで面白いなと思うことがあります。それは、多種多様で創造的であること。つまりストライキがマンネリ化してしまわないように、参加者は定期的に、ストライキの新しい動機と

オランド大統領の公約だった“同性婚”が合法化されたので、フランス全土から人が集まり、パリで大きなデモがありました。

新しいスタイルを表現しようとしていると感じるからです。

年に1、2回フランスでリサイタルを行う日本人ピアニストの友人は、フランスのストライキの犠牲になったひとりです。

前回の来仏時、彼女はシャルル・ド・ゴール空港を使わないようにしました。それは、4、5年前に空港の従業員のストライキのせいで、危うくリサイタルに遅れそうになったという苦い経験があったからです。

そのため、飛行機でブリュッセルまで行き、車で自由に目的地まで行けるようにと、車と運転手を手配し、目的地へ向けて出発しました。給油所がストライキして、ガソリンがないということにはなりませんようにと祈りながら……。

しかし、コンサートが行われるマルセイユに着いてみたら、予想外の仰天の事実が……。社員が物品盗難を理由に解雇され、それに対する抗議によりコンサート会場の技術スタッフがストライキ中でコンサートは中止になったとのこと!

私も、友人をピカソ美術館に連れて行ったときにRATP(パリ交通公団)

赤ちゃんの写真入りの大きな横断幕には「僕たちに必要なのは、ひとりのパパとひとりのママ」と書かれています。赤ちゃんや小さい子どもを連れた家族連れもとても多く参加していました。

のストライキにあいました。午後3時ごろに美術館に着くと、扉が閉まっていて、こんな張り紙が……。「交通機関のストライキにより、美術館は午後3時に閉館します」ナンデ～!? なんで美術館まで閉まっちゃうの～?

きっと1週間ほどの観光でパリに来て、ストライキの影響を受けた方は少なくないと思います。私も雑誌の撮影予定日がストライキの日にあたるということで、日程変更をしたことがありました。

1995年の12月には公共交通機関がおよそ1か月間もストライキをしたとか……。フランスではこんなことで驚いていたら、公務員の労働条件の悪化に対して関心を払わないエゴイストだと思われるかもしれません。とはいうものの私は今も日本人として反応してしまいます。

ちょっと過激な感じですが、上半身裸で白いマスクをつけた男性たちの反対パフォーマンスもありました。

Le restaurant　レストラン

東京では、お店に入るやいなや、店員が「いらっしゃいませ！」と言って迎えてくれます。席に座ると、すぐに冷たいお水を持ってきてくれます。そしてもう一度、笑顔で「いらっしゃいませ！」

一方フランスでは、「何をお持ちしましょうか？」という店員の言葉ですべては始まり、私がいつも攻撃的だと感じる慣習的な行為で終わります……。

パリに着いて間もないころ、シャールさんがリップ（Lipp）というレストランに連れて行ってくれました。リップはパリの老舗レストランで、私にパリの慣習を教えるのに、パリを代表するこのお店からスタートしようと思ったようです。その夜は、とても楽しいディナーでした。最後にある悲劇が起こるまでは……。

食事の最後にカフェを注文しました。すると、ウェイターはカフェを持ってくるのと同時に、まだ頼んでもいないのに会計も持ってきたのです。ナンデ～!?

会計をテーブルに置かれると、「それで、いつ帰るんですか？　もうおしゃべりはおしまい、他に待っている客がいるんですよ！」と暗に言われているように私には感じられたのです。

しかし、シャールさんは、驚いた様子もなくいたって普通にクレジットカードを会計の上に置きました。

早く帰ってほしいと思われるような失礼なことを何かしたのかしら？ と私は心配でしたが、「サービスのクオリティーが復活したみたいだ。また来ようね」とシャールさんは言いました。

そう……日本では食事をするテーブルと会計の場所は違うのですが、フランスは会計もテーブルで済ませます。

カフェを持ってきたときに、会計も一緒に持ってきてくれたのはとても気が利いています。会計を頼んでから30分近くほったらかしにされることだってあるのですから……シャールさんが「また来ようね!!」と言ったのも、今ならうなずけます。

その当時は知らなかったのですが、パリジャン、とりわけパリのカフェのギャルソンの振る舞いを簡潔に表した言葉があります。それは、「カヴァリエ（cavalier）」といって、日本語で無礼な、無作法なという意味です。

ある日、日本から来た友人とカルナヴァレ博物館に行ったとき、バスティーユ広場にある「カフェ・フランセ」というカフェのテラス席で少し休むことにしました。すると、いかにも機嫌が悪そうなギャルソンが私たちのところへやって来ました。

「何をお持ちしましょうか?」

「ボンジュール……メニューをいただけますか?」

メニューを探しに店内に戻らないといけないことが彼の機嫌を一層悪くしたようです。戻ってきたギャルソンは、無言でメニューをテーブルに置き、私の前に突っ立って、「それで、何にするんですか?」「あっ、すみません。カフェオレひとつ、紅茶ひとつとお水を2つお願いします」

それから少しして、薄汚れたグラスに入ったお水2つと注文の品をトレーに載せてギャルソンが戻ってきました。

そして私が注文したカフェオレをあまりに乱暴にテーブルに置くので、カップいっぱいのカフェオレは溢れてソーサーにこぼれているではありませんか!

「注文はカフェオレと紅茶でよかったですよね?」とギャルソンが私に聞くので、「はい、そうです。ただ、すみません、カフェオレがこぼれてしまっているので……拭いていただけますか?」と穏やかにお願いをしました。

日本では、週末だけアルバイトをする学生でも、このような場合すぐに「失礼いたしました」と言って、そのカップを持って厨房に戻り、新しいカップとソーサーに取り換えてくれます。その失礼を再度詫びながら。

カフェ・フランセでは、多くのパリのカフェがそうであるように「たくさんやることがあって、そんな客のわがままに答える暇はないんだ」という雰囲気を醸し出していました。ギャルソンは汚れた台布巾を持ってきて、とっても面倒くさそうに、私の目の前でカップとソーサーを拭いただけでした……。

「会計はおいくらですか?」

すると、このギャルソンは面倒くさいよけいな仕事をさせられたストレスを発散するかのように、大声で同僚に向かって「セルジュ!! お前さあ、俺にチケット渡すの忘れただろ!!」と。

友人はなんでこのギャルソンはこんな風に叫んでいるの? と聞いてきま

した。そこで、実際のフランスのギャルソンは、映画のカフェに出てくるようなギャルソンのイメージとはかなりかけ離れているということを彼女に説明したのです。

　映画に出てくるギャルソンは、アイロンがしっかりかかった真っ白いシャツと黒いエプロンを身につけ、腕には汚れのないきれいなトーション[※4]。手にはトレーを持ち、愛想のよい雰囲気を醸し出しながら、客の間をエレガントにそして軽やかに動き回り、こっちのマダムにはウインクを、あっちのムッシューには笑顔を振りまいていきますよね。

　もちろん、映画のような雰囲気のお店もありますが、でも現実は……まったく反対です。パリのギャルソンは無作法で愛想もありません。

　さらに、日本人にとっては、パリジャン全体が無作法ともいえます。たとえ、彼らが礼儀正しくしようとしていても……。

　シャールさんがお茶を飲みに初めて私の実家に来たときのことです。私の家族によい印象を与えようと、彼は最大限の注意を払いながら振る舞っていました。礼儀作法にもできるかぎり気をつけていました。それでも、彼のある発言に母はショックを受けたのです。

彼のカップが空だったので、もう少しお茶はいかが？　と母はシャールさんに勧めました。すると、彼は、「ノンメルシィ（けっこうです）！」とジェスチャーを加えて、母の勧めを断りました。

彼の断り方があまりにもはっきりしていたので、母はちょっと驚いてしまいました。そう、彼は〝パリジャンらしい〟断り方をしたのです。「ノン（いいえ）」とはっきり言うだけでなく、手の動きや顔の表情も、その気持ちすべてを表していたので……よけいに強く感じてしまったのでしょう。日本人は「ノン」こそ、柔らかく伝えようとしますから……。

モンテーニュ通りのとてもシックで高級なレストランに行ったときのことです。私は日本人女性の友人と一緒で、テラス席をお願いしました。30席以上が空いているにもかかわらず、店員はなんの説明もなく無理だと言いました。

しかし、彼の顔を見て理由はわかりました。こう言うと、シャールさんはいつも笑うのですが、この表現はかなりフランス人の行動を言いあてていると私は思います。つまり、フランス人は、顔の表情から自分の感情を相手にわからせようとします。表情を通して感情をはっきりと表しているのです。日本の文化は反対に、人前ではできるだけ感情をあらわにしないように努めます。先述の店員ははっきりと「ノン」とは言いませんでした。しかし、「あなたたちのような観光客ふたりだけのためにテラス席は空けませんよ」と、彼の表情が物語っているのです。とてもショックなことでした。

彼は私たちを2階の一番奥の、騒がしい団体客の隣の席に通したのです。家に帰って、シャールさんにこの店員の「無礼な対応」について話しました（そしてそのときに、「カヴァリエ（無礼な）」という単語を知りました）。

「確かに君が正しいよ、エリコ」とシャールさん。「それは失礼だね。でも、先週東京で、よく知っている寿司屋にお昼を食べに行ったときのことだよ。そのときお店の主人はいなくて、僕はいつものような対応を受けられず、そのうえいつもより30％も高い値段を払ったんだ。これも無礼と言えるんじゃない？　少なくとも君はテラス席の客と同じ値段だったんだから、まだいいほうだよ」

シャールさんが言うのもあたっています。東京の寿司屋は、よく客によって値段が違うと言われています。常連でなければ値段が高くなったり、列を作って並ばなければならなかったり……。

昼食に関していえば、日本のサラリーマンはゆっくりとお昼の時間を楽しむことがなく、お蕎麦屋さんか、何か簡単なものを買ってきて、パソコンの前で仕事をしながら食べたりしているイメージがあります。実際にそうですよね？

お日様のよくあたるテラス席で、パリジャンが1時間かけてワインとともにランチを食べているのを見ると、ふと日本の慌ただしいお昼時間のことを考えてしまいます。

パリジャンたちは、1時間のお昼休みを十分に楽しんでいる!! 焦らずにリラックスして……見ているだけで、うれしくなってしまう光景です。

※4 トーション　グラスなどを拭く布巾

夏になるとレストランやカフェのテラス席は満席!!　逆にお店の中はがら〜んとしています。お日様を感じながらの食事やカフェは、フランス人が大好きなことのひとつ。今年は冬が長かったので……みんなこれでもかというほど陽射しを浴びています。日焼けなんてへっちゃら!!!

夏の楽しみは……家族みんなで近所のカフェで一日の終わりを過ごすこと。私たちはMojito（モヒート）、子どもたちはイチゴミルク!!　からっとしたパリの暑さには、フレッシュなMojitoがぴったり。一日子どもたちと過ごした疲れた体には、アルコールがよく効きます!!

Le taxi　タクシー

ヴァレンタインの夜、シャールさんと食事をするため、待ち合わせ場所であるムフタール通りからすぐのゴブラン通りにあるレストランに向かおうとしていました。

20時15分、クレベール大通りでタクシーを捕まえるために、滑稽なくらいに手を振っていました。この時間帯はタクシーを呼ぼうと思っても（パリは日本のように空車のタクシーがたくさん走っているわけではなく、一般的にはタクシー会社に電話をして、来てもらうことが多いのです）出払っていて来てもらえないので、なんとか通りで空車が通るのを待つしかないのです。

幸い、10分後に1台の空車が!! タクシーに乗ると、運転手が「マダム、ラジオのボリュームは大丈夫ですか?」と聞いてくれたので、あ〜、よかった!! 今日は感じのいい運転手さんにあたったわ!! と内心喜んでいました。

運転手は、道が渋滞しているので、ペリフエリック（パリ高速道路）を通ったほうが賢明だと言いました。私はもちろん「そうしてください」と答え、ペリフエリックを通るのに、どうして家から10分のポルト・マイヨーの入り口ではなく、ポルト・オウトゥイユの入り口まで行くのだろう? と思いな

タクシー乗り場には、こんな風に"TAXI"とわかりやすく書かれていますが……タクシーがまったくいないことも多いのです。せっかく長く待ったのに、行き先を言ったとたん、乗車拒否にあうこともよくあります!! タクシーに乗るときは、気を強く持って!!!

がらも、あえて尋ねませんでした……。それは、「まあとにかく、彼はプロだから、私よりも交通事情はよく知っている」と思ったからです。

ペリフェリックに入ると、車は突然止まりました。電光掲示板は交通事故があったことを伝えています。ポルト・オルレアンまで30分……。運転手は苛立ちはじめます。「次の出口で降りて、マレショウ通りを通ります」とペリフェリックから出たのに、着いたマレショウ通りも大混雑でした。

運転手はバックミラー越しに私を見て、「次の入り口でまたペリフェリックに戻りますよ!! そのほうがいい!!」と。私は意を決して、文句を言いました。

「またペリフェリックに戻るのではなく、このままパリ市内を走ったほうがいいと思うのですが……。絶対に時間の無駄です。もう約束に遅れそうですし……」

でも、結局、運転手はペリフェリックに戻りました。さっきと混雑の状況は変わりません……。

道路のど真ん中で故障した車まで、少しずつ進んでいきます。私たちの前を走る他の車がその故障車を追い越していく中、突然、この運転手は故障車のバンパーに車をあて、そのまま加速して故障車を前に押しやるではありませんか？　ナンデ～!?　故障車の運転手は唖然として、後ろの私たちを見ながら大きくジェスチャーをしていますが、タクシーの運転手は万事大丈夫だというようにＯＫサイン……。

私はもしやとんでもないタクシーを選んでしまったのでは……と思いました。しかし、あまりに怖くてタクシー運転手にどういう状況なのか聞けませんでした。とにかく無事に目的地にたどり着ければいい!!　それだけを考えていました。

運転手は故障車を5メートルほど押し進めてから車線変更し、再び出発します。

びっくりしました。タクシーの運転手は親切心からそうしたのです。つまり、他の車の通行の邪魔にならないように、故障した車を路肩まで押し進めたのです。しかも、パリジャン風のやり方で。

私にこれからやることを説明することもなく、いきなり故障車に向かって突き進んだように、もちろん、故障車の運転手もいったい何が起こったのかわからなかったと思います。思ったことを思うままにやってしまう……やり方はちょっとばかり（いえ、かなり）乱暴でしたが……。

30分後にポルト・ド・イタリーに着きました。ここでペリフェリックを降りて、直接ゴブラン通りにつながるイタリー通りに出ると私は思っていたのですが、おかしなことに運転手はそこで降りずに、ポルト・ド・ベルシーまで走り続けます。

目的地に着いたときには、約束の時間をすでに20分超え、料金メーターは43ユーロを表示しています……。私はパリジェンヌ風に思いきって言いました。「クレベール大通りからここまで43ユーロはちょっと高すぎませんか？」

すると、タクシー運転手は「メーターに表示されている通りの料金ですよ、マダム。もしタクシー代を払うお金がないのだったら、メトロを使ってください」日本では、こういったことはまずありませんよね。他にもこんなこともありました。

ある日、家から徒歩20分のコンコルドの近くに行かなければならない用事がありました。雨が降っていたので、家を出てすぐにタクシーを止めました。運転手は車の窓を下ろし、「どこまで行きますか?」と。「コンコルドまでです」と答えると、「コンコルドはすぐそばです。そんなに短い距離は走りません」と言って、運転手は窓を上げて行ってしまったのです。

ナンデ!? 東京では、たとえ100メートルであっても、基本的には客の乗車を断ることはないのに!

しかし、私はまだパリのタクシーの最悪な習慣を知りませんでした。それは、タクシー運転手の勤務時間終了時のことです。

シャールさんとのヴァレンタインディナーのあと、帰宅をするのに、かなり長い時間タクシーを探さなくてはなりませんでした。

最終的に、大通りに向かってやってくるタクシーを見つけ、シャールさんは大きなジャスチャーでタクシーを止めました。

運転手は車の窓を下ろし、私たちに尋ねました。「どこまで行きますか?」「エトワールまで」とシャールさん。「すみません。それは、私の帰宅方向と違うので」そう言って、タクシーは行ってしまいました。ナンデ!?

「でも、私たちヒッチハイクをしてるわけじゃないのよ」とシャールさんに指摘すると、「わかってるよ、エリコ。でもあのタクシーの運転手は95(ヴァル＝ドワーズ県)に帰るから、回り道したくないんだよ」

10分後、別のタクシーを止めましたが、93(セーヌ＝サン＝ドニ県)に帰るからと乗車を断られました。次のタクシーも、94(ヴァル＝ド＝マルヌ県)に帰るからと断られたのです。

「シャールさん、運転手たちにちゃんとお金を支払うって言ったの?」この言葉はどうやらシャールさんのご機嫌をちょっとばかり損ねたようです……。

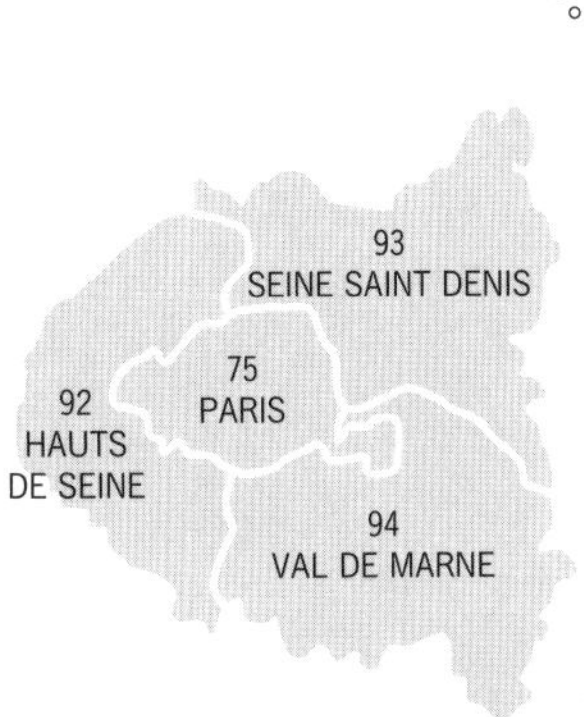

パリ及びパリ近郊の県番号と位置

パリの夏はカラッとしたお天気で、タクシーを使わずに歩くのも気持ちがいいです!!　朝晩はちょっと冷えるかな？　という日も多いので、セーターやカーディガンなどは一年中活躍します。革のジャケットを着ることもあるくらい。おしゃれが楽しくなる街です。

La télévision　テレビ

ある日、東京にいたシャールさんは怪訝そうな顔でひとりのお笑いタレントさんのネタを見ていました。それは、いつも番組中に水着一枚で飛び出してきて、スベッて転び、BGMが鳴り出すと、失敗をネタにしながらおかしな台詞を言い、「そんなの関係ねえ!」と叫んで終わるというものでした。

周りの人たちがいっせいに笑い出したので、シャールさんは困った顔をして私に聞いてきました。「ねえ、エリコ、このタレントさんのタレント(才能)って、結局なんだい?」観客が爆笑する中、私はこう答えました。

「たぶん、コメディアンにもなれて、外見もそう悪くなくて、司会もできるだろうし、演技もできる。なんといっても、その場で求められている自分の立場をすぐにわかってバカなことができることだと思う」

でも、私はシャールさんにこのタレントさんのコスプレセットがお店で売られるほどの現象を巻き起こしていることには触れずに、あの日本ヌーベルバーグの巨匠のひとり、大島渚監督も長らくタレントとしてテレビに出演していたと言うにとどめました。

それはさておき、日本のテレビを見た外国人が一番驚くのはお笑いタレントさんではなく、バラエティ番組の罰ゲームだそうです。この種類の番組の構成は、だいたいが同じような感じで、どんな無理難題にも挑戦する参加者、とんでもないコスチューム、無謀ともいえる競技や仕掛け、そして……なんといってもとっても痛そうな罰ゲーム。

中でも大人気だったのが、あの北野武さんが生み出した『風雲!·たけし城』。すみません、かなり古いのですが……。そして、同じく高い人気を誇ったのが、『とんねるずのみなさんのおかげでした』のテレビ版テトリスゲーム。ピカピカの全身タイツに身を包んだ挑戦者たちが2チームに分かれ、迫ってくる壁の穴の形に合わせてくぐり抜けていきます。失敗すると、水にドボン……。

動くベルトコンベアーの上を落ちずにどこまで行けるかを競う「地獄のベルトコンベアー」なんてゲームもありました。前に進むにつれて、挑戦者はクッキーを食べるためにストップしなければならず、しかもクッキーを食べるごとにコンベアーのスピードは上がっていくという……。

私がとっても驚いたのが、たまたま「あ〜、日本っぽい作りの番組だなあ!!」と思っていたら、それは『風雲!たけし城』の映像を見ながら、武さんのようなおかしな格好をしたふたりのフランス人がただしゃべっているというものでした。

懐かしい映像を見た感動と、それをネタにレギュラー番組が1本作られているという驚き!! つまり、それくらいに日本のバラエティ番組の罰ゲームはすごいというわけです。

そして、シャールさんを一番唖然とさせたのは、砂利の上を挑戦者がトラクターで引きずられるゲームでした……。最後には、挑戦者のお尻はズタボロ! この番組を初めて見たとき、シャールさんはすまなさそうに私に言いました。「エリコ、日本人ってヘンだよ……」

バラエティの罰ゲームを見ていると、なるほど、確かにそうかもしれないと思ってしまったので、CMの話に話題を変えることにしました。ねっ!!

日本のCMは真面目でわかりやすいものが多いですものね。

実は私たちはあまりテレビを観ないのですが、それでもフランスでたまたま目にしたCMに驚愕することがよくあります。

あるCMは……上半身裸の女性が、一口サイズのチーズをつなげてネックレスにしてつけているのです。それを見た男性が、そのチーズにかぶりつく……。

日本だったら、元気な子どもたちが「わ〜、おいしい!!」とか言って、おやつの時間に食べているCMになりそうな気がします。

他のCMでは……ベッドに若い男女が裸で入っていて、戯れています。そして、愛の契りの直前、女性が言います。「ねえ、これで妊娠したらどうする?」

彼が切り返します。「大丈夫さ!!　だって僕たちには○○銀行がついているから!!」

そして……ふたりはあつ〜いキスを始める……。ナンデ、銀行のCMに裸のカップル?

どう考えても、日本では絶対に大問題になると思います。

そうそう、フランスではニュース番組は夜8時からスタート。いわゆるゴールデンタイムにニュース番組があり、各局しのぎを削っています。

そして、番組に大統領や大臣が生出演することも多く、その日は誰もが早くに帰宅をし、ニュース番組を見ています。

日本とはまたちょっと違いますよね？

テレビ情報誌です。毎週、そのときの旬の方や話題の作品に出ている人などが表紙のようです。私はまったくフランスのテレビ事情がわからないので、それがどなたなのか知らないことのほうが多いのですが……。

Le week-end パリジャンの週末

週末が近づくと、パリジャンは必ず友人たちにこの質問をします。「ウィークエンド（週末）は何しているの？　パリにいる？」と。

日本ではこんな質問を毎週することなんてないですよね？　子どもたちの学校でも、金曜日には「週末はどこかへ？　それともパリ？」と他の親御さんから聞かれたりします。

日本では仕事がなければ、家族と家で過ごします。場合によっては、買い物に出かけたり、スポーツをしたりすることもありますが、毎週末ごとに友人たちに会おうとすることは、そう多くはないはずです。

週末がくると、シャールさんは自慢げにこう言います。

「明日は、パトリスとソフィーの家族とランチして、ギヨームとアリとディナー。それから日曜日はアシルから田舎の家に招待されているけど……どうする？」

私はせっかくの週末ですから、家の中でのんびり家族と過ごしたり、片付けをしたりしたいなあと思うのですが。

週末はいつもこんな風なので、2か月以上、廊下やキッチンの電球が切れっぱなしなのです。

パリは天井の高いアパルトマンも多く、わが家もそうです。3メートル80センチあります。ですから……高い脚立に上ったとしても1メートル69センチの私の身長では電球にやっと手が届くかどうか……。

シャールさんにお願いをするしかないのに……もう10回以上頼んでいても、そのたびに「ああ、本当だ。じゃあ週末にやるね!!」と言ったきり。週末がやってくると、友人たちと会うか、友人の田舎の家に行くことになり……、電球は相変わらず切れたままなのです。

そして、もうひとつパリジャンお得意のものがあります。それは〝メゾンド　カンパーニュ（田舎の家）〟。日本でいうところの別荘ですね。

日本では別荘を所有するというのは一般的なことではありません。しかも、パリジャンは人が集うことが大好きですから……きっとパリジャン風の友人たちと一緒に過ごす田舎での週末は、みなさんにとってイメージしにくいものかもしれませんね。

ディナー同様、フランス人は人を家に招くことが大好きです。ですから、

のどかな田舎の風景。

もちろん田舎の家にも必ずといっていいほど、誰か友人ファミリーを招待しています。

小さくてもゲストルームが用意されていたり……何家族も集合することだってよくあります。

シャールさんは「誰にも気を遣わなくていいし、ゆっくりできるし、気分転換になるよ!!」と毎回言いますが……ゆっくりできたことは……これまでに一度もありません。

ホストが食事の準備や片付けを始めると、ホストを手伝うために私はなんでもやってしまうのです。そんなわけで、週末は食事の準備と、その食事をとるための時間にすべて費やされてしまうので（私の勝手な印象ですと、フランス人が集まると一日中、飲んで食べてしゃべっているような気がします）、結局、私は疲れてパリに戻ってきます。

私の初めての田舎での週末は、ショックの連続でした。私はいつもの週末のスタイル――つまりパリにいるときの週末スタイルで、パンツにセーター、

パリからおよそ車で1時間半の友人の田舎の家からの眺め……本当に周りには何もなく……静かで、ただただ美しいのです。次女が牛を一生懸命呼んでいます!!　でも、完全に無視されている……。

ヒールの低めの靴――に、でも田舎の家とはいえ、友人宅に行くのですから失礼があってはいけないと思い、カジュアルシックなスタイルで行きました。

ノルマンディーの友人宅にはすでに7組のカップルが到着していました。でも……みんなのスタイルといったら……穴の開いた毛玉のいっぱいついたセーターに、泥のついた擦り切れそうなスニーカーや長靴……。ナンデ!?

パリジャンだと気づかれず、田舎に馴染むためにこうしているのでしょうか？　パリで会うときとはまったく違う!!　でもTPOを考えたら……確かに彼らのほうが正解!!　このときの私のスタイルは、10年以上たった今でも友人たちの間で語り草になっています。私がショックを受けたように……友人たちもまたショックを受けたんですね!!

翌朝、外で朝食をとっていると、急に耐え難い臭いがしてきました。1組のカップルはこの農場のにおいにうっとりしています。しかし、その臭いは本当にきつくて、とてもうっとりなんてしていられない！　それどころか田舎に吹く気持ちのよい風に流されて……ますます臭いは強くなってきました。

私は失礼になると思いながらも、何度も息を止めていました。

大人たちだって、自然の中では子どもに帰ります。「お〜、牛だあ〜〜!!」と柵に駆け寄ってきました。牛の反応にその都度、大喜び!!　田舎が必要な理由がわかったような気がします。

すると30分ほどして友人が叫び声をあげました。「きゃ〜大変!! 浄化槽があふれているわ!!」

というわけで、このとき初めて私は浄化槽がなんなのか、そして、多くのパリジャンが「田舎はいいよねえ」と田舎の長所を褒めちぎるようには、私はできない……と悟ったのでした。

ちなみに浄化槽とはその名の通り……です。パリは下水道が発達していますが、多くの田舎の家には下水道がありません。ですから浄化槽に汚物をため、定期的に汲み上げるというわけです。

その日の午後、友人たちと小さな村を散歩しながら、フランスには2つのタイプのフランス人がいることがわかりました。

それは〝パリジャン〟と〝パリ以外に住む人たち〟です。

パリを離れると、まるで違う国にいるかのように、人が変わります。誰もが穏やかで親切で……。

ですからよくパリジャン以外のフランス人はこう言います。「僕たちはパ

子どもたちは車の心配もなく、自由に思いっきり駆け回っていました。それがあるべき姿なんだなあ〜。

リジャンとは違うから……」

でも、きっとパリジャンたちもパリでの生活に疲れているのでしょう。だから週末はパリを離れて田舎でのんびりと過ごし……迎える月曜日からの精神的にも肉体的にもハードな日々に備えているのではないのかしら？　と思うのです。

私も今では田舎に行くときには……おしゃれなんてしません。汚れてもいい格好で、寒くないように!!　だから思いっきり駆け回って、転がって……パリジェンヌに近づいたかなあ?

田舎とはまったく違う……エッフェル塔のある景色!!　ホテルの屋上にあるテラスは、夏場の人気スポットです。ほんのちょっとおしゃれをして、シャンパンを飲みながら過ごす時間は……時には田舎での週末に勝るものです!!

Les enfants 子どもたち

パリの子どもたちは、日本のとりわけ東京の子どもたちの小さいころから始まる〝闘い〟を目にしたら、とてもびっくりすることでしょう!!

その〝闘い〟は年々早くなってきているようで……。

わが家の子どもたちがお天気がよければ一日中公園で走り回っているときに、姿勢を正してよいお返事をする練習をしたり、まだ幼稚園に入る前から習い事をしたり……でも、多くは小学校入学のときから始まります。親も子も必死になって勉強をする。その姿を見ると、私はもし自分が同じ状況に置かれたとき、こんな風にできるのだろうか？　と考えずにはいられませんでした。

そんな私自身は、小学校は家の近くの公立小学校。ある日、母の母校に遊びに行ったことがきっかけで中学校を受験することを決めます。

大好きだったバレエや水泳をお休みし、目的の学校に入るために勉強をしました。自分の意志で決めたことですから……頑張れました。

こんな風に書いてしまうと、「日本って勉強ばかりさせるの？」と思われてしまうかもしれませんが……まさにところ変われば……です。

わが家の近所の公園です。大きくはないけれど、華やかな色合いの遊具があり、芝生は定期的に手入れされ……子どもたちだけでなく、近くの会社の人たちがランチタイムにピクニックをしていたりします。

でも、日本にはたくさんいいところがありますよね!!

子どもたちが早くから礼儀作法を学び、特に人前ではきちんとできる!! ということ。一方、パリの子どもたちはもっと自発的で、もっとリラックスしているなあと思います。

ただ……時にはちょっと度が過ぎるのでは? と感じることも。

シャールさんの友人で、ジャンとステファニーという結婚10年目のカップルがいます。彼らはドルト[※5]の絵本をすべて読み、シィコロジー・マガジン(Psychologie Magazine)やパロン(Parents)などの育児雑誌を定期購読していますが、彼らのふたりの子どもたち(9歳と7歳)は、両親にまるで友達のように話すのです。

ブランチのときに、下の子どもが父親に対して「やめろ、黙れ」と言っています。ジャンは、まるで聞こえていないように振る舞い、「なんでもないよ。バカな年ごろだからね」と笑いながらそっと言いました。

ある年、その家族とスキーに出かけましたが、予想をしていた通り、いえ

子どもたちの靴です。Start Rite(スタートライト)というイギリスのメーカーのもの。上質で品がよく、丈夫な革靴です。パリでは革靴で幼稚園や学校に行く子どもも多いです。ベルトや紐靴なので、着脱は大変なのですが、上履きに履き替えることがないですからね!!

それ以上のことが起こりました。

彼らの子どもたちはヴァカンス中ですから張り切って朝6時半には起きていました。まだ、親がベッドにいる時間で、この時間帯にテレビを観たり、ゲームをやっていました。この時間がベストな時間帯だとちゃんとわかっていたのです。

問題は、その家族と共同で借りたマンションがあまり大きくなかったことです。しかし、ジャンとステファニーは自分たちが起きる8時30分まで子どもたちのやることをただ我慢しているようでした。

そして、朝食は子どもたちの見た夢の話を聞くことから始まるのです。ナンデ!? でも……私の義両親の家に行ったときも、朝食のときに義両親が子どもたちに「さあ、夢の話をしましょう!!」と言っていたので、夢の話をするのはフランスでは一般的なことなのかもしれません……。

夜は夜で、子どもたちはまだ寝ないと言い、「ヴァカンス中だから……」と、両親はそれをしかたないと見過ごします。最終的に子どもたちが格闘ごっこをするために部屋へ戻って行くと、ジャンは急いで部屋に行き、子どもたちに言いました。「気をつけなさい。ここは家じゃないんだよ。他のファミリーが一緒なんだから！」

それよりもランチをしにレストランに入ったときに、〝フランス流〟のしつけを垣間見た気がしました。

座るやいなや、ふたりの子どもたちは「お腹空いた！　お腹空いた！」と叫びながら机を叩きはじめました。ハンバーガーとフライドポテトが運ばれると、「このポテトおいしくないよ〜。マクドのほうがずっといいよ!!　うわ〜、このコカ（コカ・コーラのこと）、全然冷えていない〜」と大声で文句。

両親が子どもたちに平手打ちをすることは想像できませんでしたが、少なくとも子どもたちを叱り、周りの迷惑を考えて声のトーンを下げるように当然注意をすると思っていました。しかし、その代わりにジャンが子どもたちに言ったのは、「デザートにはどのアイスが食べたい？」でした。

そう、だから、パリの子どもたちに比べると、日本の子どもたちはとても礼儀正しいと思うのです。

ただ、残念なのは、お行儀のいい日本の子どもたちの数がなかなか増えないということ。そう、出生率の問題です。

ご存知のように日本は世界でもっとも出生率の低い国のひとつです。対してフランスはヨーロッパでもっとも出生率の高い国のひとつです。

そんなフランスも1964年から1994年までは出生率は1・65まで下がり続けていました。ところが1995年からアップしはじめ、2011年には2・03という数字になりました。

ついにはEU25か国のトップにまでなったのです。

実際に私たちの友人の中には、4人、5人、6人の子どものいるファミリーも!!

よくシャールさんと話をするのですが、フランスでは日本のように〝教育費が高いから、これ以上わが家は子どもは無理なのよ〟という考えはまったくありません。

いい学校といわれている学校の多くが公立ですから、親は高い授業料を払う必要はありません。教育と医療は誰にでも平等に与えられるチャンスで

この建物なんだと思いますか? 公立の幼稚園と小学校なのです。日本のように大きな門があって、校庭があって、校舎があって……というのとはずいぶんと違いますよね。下校時刻になると、この建物の前にお迎えの保護者がいっぱい……。建物が古いので各クラス、教室の大きさが違ったりして、同じ学年なのに生徒数が20人のクラスもあれば、30人のクラスも!! びっくりすることばかり!!

す!!

また、女性は結婚、出産を機に人生の選択を迫られるようなこともありません。

大企業も小さな会社も制度が充実していますし、女性は妊娠、出産後に休暇を取得したあとも、取得前と同等のポジション、同等の給料を得られることが確約されています。

ですから安心して出産、育児にのぞめるのですよね。

フランスでは父親も出産休暇を取得できます。一般的には生後4か月以内で、およそ2週間の有給休暇が取得できます。

先日私たちの住むアパルトマンの管理人さんの息子さんのところにふたり目が生まれました。

出産時に奥様は体調を崩してしまいましたが、息子さんは2週間の有給休暇をとり、上の子の面倒を見たり、奥様を看護したり……経済的な心配をすることなく、他の人に気兼ねすることなく奥様のそばにいられるというのはとても大切なことです。

朝の通学時。日本のようなランドセルはなく、Cartable（カルタブル）と呼ばれる通学カバンを使っています。長女と長女の仲良しはふたりともHello Kittyがついたバッグ。でも、やっぱり強くて長持ちのランドセルが一番!!

日本では保育園の問題も大きいですよね。フランスは確かに日本に比べたら、保育園の数は多いかもしれませんが……現実問題として、子どもの数もとっても多いので……すぐに保育園に入れるわけではありません。

わが家の次女は妊娠6か月のときに、区役所に保育園入園の希望を出しに行きました。

こんなに早くに登録をしたって……順番が来ることはなく……間もなく次女は幼稚園に通園をするようになります。

ただ……保育園には入れなくても、仕事をしている女性にとってはそれに代わるシステムもあり、サポート体制が整っているとは思います。

不妊治療が国の補助によって無料というのもまた大きな違いですよね!!

日本が取り入れたらいいことはたくさんあるのでしょうが……私が一番変わらなければならないと感じているのは、男性や社会の女性に対する考え方です!!

ちょっと育児を手伝ったからといって〝イクメン〟とか言われてしまうの……それがおかしいと。

息子のクラス(幼稚園の年長さん)の先生の机。なんだかちょっとレトロで、色がグリーンというのもフランスらしいでしょう。思わず「かわいい!!」って写真を撮ってしまいました。

育児はふたりでするものです。もちろん、各家庭で役割分担はあると思います。

やれるほうがやればいいですし、子どもの教育や家事は女性がやるべき!!という考えがまだまだ日本の中に根深くあるとしたら、まずはその考えを思いっきり変えるべきだと思います。

あ〜、熱く語ってしまいましたが……。

出生率の増加は〝移民が子どもを多く産むから〟とか〝敬虔なカソリック教徒が多いから〟とか、フランスでも様々な意見はありますが……でも、私はパリで子育てができてよかった!! と思っています。

あとは……お行儀の悪い子にならないように、確固たる意志を持ってしつけをすること!! フランス人のように自分の意思をきちんと持ちながら、日本人のように常に相手に対して心遣いのできる人になってもらいたい!! そう思って日々、子どもたちと接しています。

※5 ドルト　カトリーヌ・ドルト。フランスの小児科医。

子どもって仮装が大好きですよね!! みんなでいろいろなものを着て楽しんでいるのはいいのですが……やだ!! 息子がお姉ちゃん、妹につられて……羽とかつけている……ティアラも……かなり怪しい……。

お天気のいい日には、子どもたちとサイクリングをします。正直、私はパリの街中でのサイクリングは怖くて、緊張してしまうのですが……子どもたちは大喜び!!　エッフェル塔がよく見えるトロカデロでひと休み……次女はぐっすりと寝ています……首、痛くならないのかなあ?

Les boîtes de nuit 夜のクラブ

パリの夜？　私の印象だと……パリの夜はみ〜んな眠っていて静かだなあという感じ、いくつかの穏やかな光に包まれた歴史的建造物以外は……。だから、東京の夜の明るさには、日本人でありながらかなり驚いてしまいます。

場所によっては、1階クラブ、2階クラブ、3階も4階もクラブ……なんていう建物がたくさんあるのよ!!　とフランス人に言うと……もうそれはそれは驚かれるのです!!

日本ではよく知られた〝ラブホテル〟も、彼らの興味をかきたてます。「それはいったい、何？」と。

東京と一口に言っても、六本木、銀座、渋谷、新宿、赤坂……場所によって、同じクラブでもスタイルや客層が異なり、人々は自分に合う、居心地のいい場所を求めて行きます。

「私、ちゃんとした格好をしているかしら？　うまくエスコートされているかしら？　私はこのクラブに行くのにふさわしいかしら？」

こんな質問を自分に投げかけることは、東京ではないような気がします。

実は夜の外出が好きではない私は、東京でもパリでもこうした夜のにぎやかな場所に行くことがほとんどありません。

それでも、友人主催のパーティーのあと「エリコ、一度行かなきゃ!!」と、シャールさんや友人たちに抱きかかえられるようにして、パリの一番人気のクラブに行ったことがあります。

まさに「私、ここに入ってもいいのかしら?」とテストをされているような印象。入り口には警備員と客の顔をチェックする人がいます。ホッ……まずは入り口通過!! 第二関門……クローク。きれいな女性がクロークの中にいて……たじろぐ……。

支払いをして、いよいよ中へ!! ここが第三関門&最終関門!!

なんだか……あまり楽しそうじゃない……。

そう、みんなそこに楽しむために来ているのではないのだと感じました。

女性たちは、お互いをじろじろ見て動静を探り、互いを評価し合っています。男性たちは仕事の話をしたり、ナンパをしたりしています。仕事の話をしながら、ナンパするということもよくあるようです。

フロアで踊っている人も、気持ちよさそうに歌っている人もいません。

みんながお互いを品定めしているみたい!!

ここには楽しむために来ているんじゃないの?

シャールさんの友人が教えてくれたのですが……ある有名なフランス人俳優がある時期、パリで一番有名なクラブのひとつである〝Baron(バロン)〟に毎日、通っていたそうです。

ちなみにこのバロン、東京にもあるそうですね!!

しかし、バロンに来た彼は、まったく笑わず、楽しんでもいないのです。まるで、どれほど自分が退屈しているか知らしめたいかのように、バーで一晩中つまらなさそうに周囲の客を見ていたそうです。

要するに、パリの夜遊びは、「遊びの精神」とはほど遠いのです。「遊びの精神」とは、楽しむ精神(喜びの精神)とでも言いましょうか。「遊び」の概念は、「楽しみ」「精神の自由さ」を意味し、「真面目さ」や「深刻さ」と反対の意味を表します。

実際、日本人ははっきり日常(ケ)と非日常(ハレ)を区別します。会社

なんてことのない建物のごく普通の入り口。看板もなし……なんとここが、バロンです!! 夜になると着飾った人たちがこのドアの前に。そしてテストを受けるのです。その横には庶民的な冷凍食品のお店のPICARD(ピカー)。写真を撮ったあとPICARDで、にんにくを細かく砕いたパックを買って帰りました。

を出るとすぐに非日常の世界に入るので、日が落ちるとエネルギーが出てきて、人とのコミュニケーションを楽しむことに専念していると感じます。

東京でのある夜、シャールさんは仕事の帰りにそのまま東京で一番話題になっていたクラブで、友人と会うことに。着替える時間がなかったので入れるかな？　と心配したようですが……スーツ姿でネクタイをしているにもかかわらず、何の問題もなく店内に入れて驚いていました。

彼の日本人のイメージは、特に外国人に対してはシャイで、おとなしいというものだったようですが……この〝ハレ〟の場所では、誰もが気さくに話しかけてきて、昼間とはまったく違う顔で愉快に踊ったり、歌ったり……だから、とても楽しかったと。

結局私がパリでクラブに行ったのは計3回。友人たちに連れて行かれた最初のときと、あとの2回は友人のバースデーパーティーのため。

楽しく踊りたいなら、家で子どもたちとアバを聞きながら踊っているほうがずっといい!!

ここはクラブではないのですが……フランスではディナーやパーティーのあとにそのままダンスタイムに突入することが多いのです。パリに住みはじめた当初は、ダンスが嫌で椅子に座ってじ〜っとみんなが踊っているのを見ていた私ですが……今では、ダンスが楽しくなりました!!　この日もディナーのあと、ダンスタイムがスタートしました!!

Le look　スタイル

ご存知のようにフランスはファッションの国。歴史ある有名なメゾンはそのスタイルを継承しながら、新しいことに挑戦し、新進のデザイナーたちは既成概念を変えるべく闘っている!!

毎年1月と7月にはオートクチュールのデフィレ（ショー）があり、3月と10月にはパリコレ（パリコレクション）。全世界からジャーナリストや顧客が集まり、パリ市内のホテルは満室に。タクシーは捕まらなくなり、道にはバイクタクシーがあふれる。次から次へとあるデフィレにジャーナリストもモデルさんたちも大急ぎで駆けつける。渋滞してしまったら大変と、バイクの後ろにまたがって移動するモデルさんたちを見かけることもあります。

新聞もテレビもニュースとして、その日のコレクションの様子を大きく報じます。

そう、ファッションの世界に身を置く人にとっては大イベントですが……フランス人全員がこのニュースに釘付けになっているわけではありません。

私もニュースで「あ～、スタートしたのか!!」と気づきますが、じゃあ、今回はどこのメゾンの評価が高いとか、誰が話題だとか……それはまるで遠い国での出来事のようです。

よく、日本の雑誌などのインタビューやアンケートで、「今、パリではどんなファッションが流行っているのですか?」と聞かれます。

なんともまあ、一番答えにくい質問です。

ファッション誌を片っ端から眺めていれば、流行りの色やスタイルに精通するのでしょうが……街を歩いているだけでは、今年の流行がどんなものなのか容易には知ることができません。本当に……誰もが自分のスタイルを持っていて……むしろ「他の誰かと同じだなんていや!!」といった印象。

人気女優やモデルのスタイルをまねする人はもちろん、いますよ。

でも……少なくともそれは10代のころのこと。まねしたいところを上手に自分流に取り入れて、独自のスタイルにしてしまう!!

ファッション誌ひとつとってみても、日本のものとは大きく違い……驚きます。フランスにはフランスのスタイル、日本には日本のスタイルがありますから、どちらがいい!! とか、悪い!! とか決めることではありません。

フランスの雑誌は創造性が豊かでページをめくっていくのが楽しい!! 1

ページに1カット、ユニクロのTシャツにシャネルのオートクチュールのロングスカート。靴はアディダスで、バッグはどこかのヴィンテージ。絶対に私たちがまねできない、まねをしようとも思わないスタイルだけど、いえ、さらにいえば、街中でとてもじゃないけど着られないスタイルだけど……そのカットが頭の中に残って、ただただいいなあ～と思う。

日本の雑誌は1ページにいくつもの組み合わせが提案されていて、どれも「明日からでも着られる!!」スタイル。夢があるというより、とっても現実的。とても参考になる。でも……もしかしたら、多くの人が似たようなスタイルをすることになるのでは？　と思う。

パリの女性は、日本の雑誌の〝パリの街中スナップ〟で掲載されているように、おしゃれな人たちばかりではありません。おしゃれじゃなくても、自分のスタイルだから……それでいいのです。髪型もメイクも人それぞれ。日本人と違って、髪の色も目の色も個々で違うから、すでにそのままで十分に違うのです。

朝、子どもたちを学校に送っていくと、シャワーから出たばかりというような濡れ髪をさっと上にあげて、スウェット姿で送ってくるママもいます。

自由なスタイルのパリジェンヌたち。アニエス（右）は仲良し。さらっとしたロングヘアに、ノーメイク。でもいつも女性らしいスタイルで……男の子3人のママ!!
ふたりとも調香師。小麦色の肌にショートカット、イエローのドレス。その華やかさに圧倒されました。

これから出社するんだなあとわかる、スーツ姿のママもいます。

髪の毛がぼさぼさでも、柔らかい色でカールがかかっていたりするから、その手入れをしていない感じでもなんだか素敵に見えるのよねえ。いいなあと私たちは思いますが、他のフランス人ママたちからは、「エリコの髪の色、いいわよねえ。髪質もしっかりしているからうらやましいわ！」と。

そのフランス人の柔らかい髪質と、日本人のしっかりした髪質を受け継いだわが家の子どもたちは、特に女性たちから「いい色ねえ、これくらいの硬さがいいのよねえ」とお褒めの言葉をいただきます。

それぞれが持っているもの……それを最大限に生かしてファッションを楽しめたら、それが一番!!　だと思うのですが、どうですか？

他の人と同じだから……それで安心するのではなく、他の人たちと違う自分に自信が持てるようになりたいですね!!

私がパリに来て「これでいいんだ!!」と確信できたのは……自分のスタイルを貫き通すことや、好きなものを、たとえそれが相当昔の服だったとしても自信を持って着られる心地よさがパリにはあるから。

シャールさんと私の夏の帽子。お店で好きな色のリボンを選べるのです。シャールさんは1年中、帽子を被っています。パリの人たちは帽子の被り方が上手で素敵!!

わが家でのディナーのときのスタイル。白いシャツが大好きなので……夏でも冬でも白シャツスタイルが多くなってしまいます。こうしてハイウエストのパンツと合わせると、エレガントになりませんか？

私の好きな場所・好きなもの

家の中で私が一番長くいる場所は……キッチンです!! ビタミンカラーの赤がポイントになっているキッチンは家族みんなが大好きな場所!!! 眩しいくらいに射し込むお日様を感じながら……束の間のカフェタイム。さあ、今日も一日頑張るぞ〜!!

以前は朝起きたらすぐにカフェオレでしたが……今はまずは日本茶!! それからカフェオレタイム。

撮影中に次女が帰宅。「ママア!!」と駆け寄ってくる娘に満面の笑みの私。

まさにパリ!! の螺旋階段。パリに来た当時は感動していましたが……今ではこれがあたりまえの風景に。

サロン(居間)の窓ガラスは古いもので、割れてしまったら同じものを作るのは難しいそう。大好きなZhorの服で。

わが家での幸せなひととき

ケーキを作っているところ。今日の子どもたちのおやつはバナナケーキ!!

キッチンのドアも赤!!　ちなみに時計は大きいものがフランス時間、小さいものが日本時間。右は食堂です。

久しぶりにお天気だったので、ミニワンピースで軽快にお散歩!!　白いパンツと合わせてもいいと思いませんか?

語学学校で一緒だったコロンビア人の男の子はアーティスト!!　彼に頼んで描いてもらった絵をバックに撮影。

大好きなパリの街

彼はお天気がよければ、1年中パリ市内を愛用の自転車で移動しています。あれ？ よく見るとこの日の彼はムーミンに出てくるスナフキンみたいですねえ。

カフェの前で待ち合わせ。白シャツは私の定番スタイルです!! 夏も冬も大活躍。白さを保つために、ベーキングパウダーでお洗濯しています。

エッフェル塔のある風景。毎日、見慣れた景色ですが、やっぱり美しい!!　そして、パリならではの光景のひとつ、縦列駐車!!　運転技術が上達します。

カフェのバーカウンターは常連さんの場所という感じでなんとなく落ち着きます。テーブル席とではカフェの値段が違い、カウンターのほうが安いです!!

のんびりカフェタイム

この女性とはいつも子どもの話で盛り上がります。次女を連れて行くとすぐに飽きてしまう娘にクッキーを持ってきてくれたり…… 行きつけのカフェがあるのはうれしい!!

テラス席でカフェオレを飲みながら原稿チェック。 これは私のご近所スタイル!! カジュアルだけど、崩れすぎていなくて、子どもたちと一緒に走れる定番。

お気に入りコレクション

好きなものに囲まれているというのはとてもハッピーなこと。だからわが家が一番居心地がよく、どこにいてもここに帰ってきたくなってしまう。やっぱり“わが家”っていいねえ。

寒いパリの冬に手袋は欠かせません。カラフルな色で手元を飾り楽しんでいます。

カプセル型の薬入れは、わが家では調味料入れに!! 楽しいでしょう?

食堂の壁に合うように描いてもらった絵。語学学校時代の友人フェデリコの作品。

キッチンに通じる廊下はギャラリーのようにポスターや写真が飾られています。

グローブトロッターのスーツケースたち。なぜか彼も私もスーツケース好き!!

子ども部屋の壁には名前のアルファベット!! 古い看板などに使われていたもの。

赤やグレーのファーはサラッと巻くだけで存在感抜群!!

わが家のボディーガードたち。兵馬俑はもちろんレプリカ。もう12年一緒です!!

La voiture パリでの運転

パリのドライバーは、フランスがサウジアラビアのようになればいいのに……と思っているように時々感じます。

なぜならサウジアラビアは世界で唯一、女性の自動車の運転が法律違反とされていて、やむを得ない事情で運転をしたとしても、重罰を受けることになります。

もちろん、これはまったく別の国の話ですが、それでもパリで運転すればするほど、女性だということでちょっとバカにされているような気がすることがあります。

しまいには……はしたない言葉なのですが、日本語の適当な表現が見つからないのであえて書かせていただくと……〝この、あばずれ!!〟と言われたような気持ちになります。いえ……実際に言われました。

なんといってもショックなのが……こういう言葉を口にするのは、多くが女性ドライバーであるということ。

でも、一方で私の車のナンバープレートがパリを表す〝75〟であるということは恵まれていると感じています。

道路上に駐車されている車の車番(右端)を撮ってみました。この番号によって、どこに住んでいるのか、どこから来たのかがわかります。車番だけを撮影していたら……警官が変装して車番を撮影していると、見かけた方に思われていたようです!!!

ナンバープレートの数字は、車の登録地を表します。そして、その数字で運転者の特徴を地域ごとに特定したります。

たとえば、「あの車、ノロノロ運転だなあ〜。何やっているんだよ‼　あ〜、しかたがないよ。あの車のナンバー〝47〟[※6]だからさあ」という具合です。パリ以外の地域から来た車ですから地理がわからないのは当然ですが……ドライバーたちはちょっとばかし意地悪なのです。わざと何度もクラクションを鳴らしたり、スピードを上げて追い越したり……。

私が一番ドキドキするのは、ＰＬＡＣＥ（プラス）といわれる円形交差点のロータリーを運転するときです。

円形交差点のロータリーでは複雑な優占順位のオンパレードで、運転者同士の様々な駆け引きがあるのですが、パリジャンはひとつのことしか考えていないみたいです。それは……左右を確認せず、とにかく前だけを見て進んでいくこと。

私は多くのパリジャンに、ＰＬＡＣＥではブレーキをかけたら負け‼　とアドヴァイスされましたが……いや〜、これって勝ち負けじゃないですよ

ね？

凱旋門の周りのロータリーであるエトワール広場を例に挙げてみましょう!!

1台の車が私の車を追い越し、すばやく車線変更して私のすぐ前に入ります。左側では、2台のオートバイが私の車体をかすめるのではないかというくらいすれすれに通り、私を追い越した車の前に滑り込みます。後ろでは1台のトラックがクラクションを鳴らし、狂ったように車線変更をしています。

いったいなぜこんなことになってしまうのでしょうか？

パリで運転を始めたとき、何度かこのエトワール広場を通らなければならなくて、手に汗握りながら運転をしたことがあります。でも……パリに住んで12年目になった今でも、誰になんと言われようとも、どんなに時間がかかったとしても、絶対にこのエトワール広場だけは通りません。その周りの迂回路を運転しています。

私が車の運転に際して気をつけていることがあります。あたりまえのことですが……横断歩道上や配送車用のエリアに駐車しないということです。

以前、私の〝SMART〟（スマート）が駐車違反でレッカーされ、取りに行かなければならなかったことが二度ほどありました。

私は〝SMART〟をちゃんとパーキングスペースに停めていたのですが（横断歩道のすぐ手前でした）、なんと私の〝SMART〟の後ろに縦列駐車した大きな車が、自分の場所を確保するために私の車を横断歩道上に少し押し出していたのです。

戻ってきたら、見知らぬ車がしっかりとパーキングスペースに停まっていて、私の車は跡形もなく消えていました。盗まれた!! と思いました。

日本では車を撤去するとき、撤去時間・車の登録番号・車を引取りに行く警察の住所などを路上に白いチョークで書いておいてくれますが、パリではなんのメッセージもないので、まずレッカーされたのか、盗まれたのかもわからないですし、自宅の近くではない場所でレッカーされた場合は、いったいどこに行けばいいのかわからずに本当に困ります。ちなみにパリでは、あっという間にレッカーされます。

わが家の愛車スマートです!!
わが家にやってきて間もなく10年。でも中古で買ったので……もう15年たっている車。道が狭く、駐車スペースを探すのが大変なパリでは、これほど便利な車はありません!! 大好き!!

こうして様々な体験を経て、私も強くなってきましたし、パリでの運転事情もわかってきました。

パリでだったらやってしまうこともたくさんありますが、それは日本でやったら大変なことになるので……日本に着くと「ここは日本!! ここは東京!!」と頭に刻み込んで運転しています。

パリで運転が上達するように、友人が「パリジェンヌ流」の5つの黄金の運転ルールを教えてくれました。なかなか実践できないでいますが……それでも、一通りは覚えています!!

ルールその1：右側からでも左側からでも、いつも他の車を追い越そうとするべし！　とにかく一番大切なことは、他の車の前に出ること。ためらわずにヘッドライトを点滅させ合図をしましょう。そうすれば、前の車の運転手は、怯えてすぐに車線変更し道を開けてくれます。

路上駐車中の車です。まったく隙間なく、バンパーがしっかりと接触した状態です。いったい、どうやって出るの？　前後の車にぶつけながら、少しずつスペースを作って……出て行くのです。

ルールその2：高速道路を出るとき、出口に向かう車線や出口付近が混んでいる場合は、他の車と同様に列をなして待つべからず!! そのときはできるかぎり左側を走行し、たとえバックミラーがもぎ取られたり、ライトが壊れようとも最後の最後に車線を変更しましょう!! (フランスは左ハンドル、右車線、出口は右側になります)。

ルールその3：(これは少し危険を伴いますが、パリジャン&パリジェンヌは車の運転をするときは少し危険なぐらいのほうが刺激的で好きなのです) 信号が黄色のときは、決して止まるべからず! パリの人たちにとって、黄色信号は停止の合図ではありません。信号が赤になって初めて止まるのです(でも、現在は黄色信号で進行した場合は、違反になります。見つかったときには……)。

ルールその4：縦列駐車をするときは前後の車のバンパーに、思いっきりぶつけるべし! このテクニックは「ブルドーザー」と呼ばれていて、自分

ヴォワチュリエ(客の車を預かる人)です。以前は高級ホテルかレストランにしかいなかったのですが、最近では通りにヴォワチュリエがいることも。あっという間にレッカー移動されてしまいますし、パーキングを探す手間を考えたら預けてしまったほうが楽で安心!! 値段はきちんと表示されていますので、ご心配なく!! ちなみにだいたい7ユーロから15ユーロの間くらいです。

のスペースをできるだけ確保するために使われます。すでに知られているように、パリでは駐車スペースが本当に少ないのです。

ルールその5：ここではフランス人映画監督ミッシェル・オーディアールの言葉をご紹介します。「パリで運転するには、いかにボキャブラリーを知っているかが重要である」。渋滞に巻き込まれたときは、車の窓を開け、歩行者・サイクリスト・バスや車の運転手など近くを通る人を罵るべし！

これができるようになるのはいったいいつでしょうか？

※6 ナンバー「47」 47は、ロット＝エ＝ガロンヌ（lot et garonne）、フランス南西部のアキテーヌ地域の登録車を表します。

これは自動車教習所。パリは場所がないので教習所には練習スペースはないのです。ですから日本のように教習所内で練習してからではなく……いきなり路上講習スタート!! あのパリジャンのアグレッシブな運転の中にいきなり放り込まれるのですから……お行儀の悪い運転になるわけですよね。

Les trottoirs　パリの歩道

東京に住んでいたころ、シャールさんはよくこう言っていました。「本当にこの街は清潔だよね。歩道でもピクニックができそうだよ！」と。

そのときは、彼がなぜそんな風に言うのかがわかりませんでした。でも、パリに住みはじめて、噛んだチューイングガム、タバコの吸殻、油でべとべとになった紙くずなど「パリで目にするものを東京で目にしない」ことに感嘆していたのだと理解できたのです。

東京でエスカレーターに乗ったときには、シャールさんは手すりに手を置き、上に着くと私にうれしそうに手のひらを見せました。

「ほら見て!!」

「どうしたの？　何もついていないわよ!!」

「そうだよ!!　すごいよ、手のひらが黒くなっていない!!」

「……」

シャールさんが意図していたわけではないのですが、そんなことを繰り返しているうちに、私はパリがいかに汚れているのか、そして日本がいかに清潔で、またその清潔さというのは日本文化に深く根付いた〝公共のものを大切にする〃という姿勢の表れであることを再認識したのでした。

ある日、私たちはシャールさんの友人家族と私たちの家の近くにある公園にいました。友人夫婦の息子はガムを噛んでいたのですが、味がなくなってしまうと、父親がそのガムを取り、指でピンッとはじいて公園の植木の茂みに捨ててしまったのです……あまりのショックに声が出ませんでした。オーバーではなく、私はあの日のことを一生忘れないと思います。

また別の日には、車で渋滞にはまっていると、目の前の車が窓を開けて腕を伸ばし、ザザーッと灰皿の中身を道路に捨てているではありませんか！

でも、一番ひどかったのは家の前の道を犬を連れて散歩していたとても上品そうなマダムかもしれません。

犬は歩道のど真ん中でフンをしたのですが、彼女はそしらぬ顔で歩き出しました。通りがかったカップルが、「マダム！　拾ってくださいよ！」と言うと、彼女は歩みも止めず、当然のようにこう答えたのです。「私の仕事じゃないわよ、いるでしょ、そのために雇われている人が！」

東京にいる私の母は、近所に飼い犬の散歩に出かけるとき、必ずペットボトルに水を入れて持っていきます。フンは回収し、おしっこには臭いが残らないようにそのペットボトルの水をかけるのです。パリでは神経質すぎだと思われるかもしれませんが、日本ではごくごく普通の感覚です。

日本の朝には、どの街でも地域の住民が家の前を掃いている光景が見られます。パリでそれをするのは、アパルトマンの管理人さんや小さな商店のご主人くらい。しかも、タバコの吸殻や汚い紙が自分たちの建物の前にあるときだけです。

もし、そのゴミがちょっと先にあったら、ほぼ間違いなく拾いにいく人はいないでしょう。パリ市のゴミ清掃員が通るまで何時間も放置されることになります。

私はたまたまべとべとの紙の前を通りかかりました。スーパーでの買い物を終えて帰ってきたときにもその紙は変わらず同じ場所にあり……結局、ティッシュを使って拾い上げゴミ箱に捨てました。

パリには数メートルおきにグリーンの半透明のゴミ袋が設置されていて、

ほんの2～3分、そのゴミを持っていればすぐに捨てられるのです。

今、フランスでは室内で喫煙ができません。オフィス、レストラン、お店……家以外は室内でタバコを吸えないのはいいのですが、つまり喫煙者は通りに出てタバコを吸うわけです。

仕事の休憩時間にカフェを飲みながら、タバコを吸いながらのおしゃべり。楽しそうな様子は見ている私も思わずほほえんでしまいます。彼らが建物に消えるまでは……。

休憩時間の終わり……そこにいた何人もの喫煙者は……なんと火のついたままのタバコを指でピンとはじいて、車道に捨てています。いや、捨てているのではなく、投げています。

火がついているんですよ!! ナンデ!? ナンデ、せめて火を消さないの？ ここは世界でもっとも観光客が訪れる街じゃないの？ 世界でもっとも美しい街じゃないの？

道にタバコの吸殻や、ガムや、べとべとの紙くずが落ちているのも信じら

パリの歩道にはいたる所にゴミ箱やこうした大きな回収箱があります。これは空き瓶回収のためのもの。夜10時から朝7時には瓶を捨てないように!! という注意書きが。

れませんが……あのノートルダム寺院の前の広場もパリ市内の道と同じ状況なのは……信じられない!! を通り越して、驚愕です!!

というわけで、パリに住む日本人たちはこの状況をなんとかしよう!! と日本人観光客が多く訪れる場所を掃除する団体を立ち上げました。

フランス人にこの話をしたとき、彼らは私が悪い冗談を言っているのだと思ったようです。でもまぎれもない事実!!

グリーンバードというゴミ拾いボランティアのNPO団体で、日本ではよく知られた存在だと思います。正確なボランティアの数はわかりませんが、月に1回、事前にアナウンスがありボランティアを募集しています。参加者は緑のゼッケンと黄色の手袋を着用し、スコップとほうき片手にノートルダム寺院、オルセー美術館、エッフェル塔周辺など美しい観光スポットの清掃活動に取り組んでいます。

なぜパリ在住の日本人が、歩道の通気口や溝に詰まった何百ものタバコの吸殻を必死に取り除こうとしているのかわからないパリジャンには、この活動は奇妙に思えるのかもしれません。

もう見た瞬間「ぎゃ〜〜〜!!」と声をあげたくなったくらい。これなんだかわかりますか？ 隙間に入っているのは……すべてタバコの吸殻。片付けられないままに……いつの間にか模様のようになっています。捨てる人、何とも思わないのかなあ？

でも、素晴らしいのは、参加ボランティアの方々ひとりひとりが、清潔さの面ではかなり遅れを取っているパリの街をそのまま受け入れて、楽しみながら日々、少しずつきれいにしていこうとしているところです。

ゴミ問題になると熱く語り出してしまう私。あるとき、知人男性とパリのゴミについて語り合っていました。知人はフランスの北のほうの出身で、パリに住んで数年です。

「エリコ、僕の住んでいた田舎の○○は、パリみたいに道にゴミが落ちているようなことはないよ!! 住民がみんなで気をつけているからね。汚いのはパリだけさ!!」そう言って……ポケットの中に入っていた、もういらなくなったメモ書きをポイッと道路に捨てました……。ナンデ??

グリーンバードの活動はフランスの新聞で知りました。でも……彼らの活動はある意味、象徴的なものとして見られているだけで……そこから何かが変わる気配はありません。

だって、パリジャンってパリはどうせ汚いのだから、個人が努力したって

車のウィンドウにこうして広告を挟んでいくので……車に戻ってくると、みんな運転に邪魔な広告をそのまま道にポイッ!! だからまたゴミが増えるのです。でも私も雨のあと、紙がドロドロになってしまっていたのを……そのままポイしてしまったことがあります。深く反省……。

何も変わらないさ!! って思っているんですもの。

犬のフンを踏んで、こんな迷言で慰め合うパリジャンたちですから……。

「あらら……。でも大丈夫だよ!! 左足だったらウンがつくからさ!!」

東京から戻るたびに子どもたちは言います。

「ママ、パリジャンは道をゴミ箱だと思っているんじゃないの?」

本当にそうかもしれません。

この車は歩道専用の清掃車。ホースからものすごい勢いで水が出てきて、ゴミを水圧でどかしていく感じ。犬のフンなどはこれで清掃するのが一番!! 他にも車道のゴミを掃く車があったり……清掃車やゴミ回収車の種類が多いなあと思います。パリジャンが街を汚すから?

Les toilettes トイレ

私がパリに住みはじめてすぐのころ、シャールさんがエリゼ・モンマルトル（ライブハウス）へコンサートに連れて行ってくれました。最初のステージが終わって、私は彼に少し席を外すわねと告げ、トイレへ向かいました。ところが、トイレには長蛇の列!!　え～、そんなにトイレが少ないの？　というくらいの長い列。

列に並び……これってけっこう恥ずかしいですよね。まるで〝トイレ我慢中!!〟というプラカードを首から下げているような気分です。

やっと中に入り、ひっきりなしに出入りする女の子たちの喧騒の中で待つこと10分。ドアを閉める音はうるさいし、トイレの個室に入ってからもおしゃべりを続けている人たち。日本のように、〝音〟を気にする人もいないので……こちらが恥ずかしくなってくる……。

順番が来て、個室の中に入ると……私は理解できないほどの惨状を目のあたりにしました。結局……私はそのトイレを使うことはできませんでした。

シャールさんのところへ戻り、できなかったと言うと、「できなかったって何が？」「トイレ」「ああ……じゃあ、近くのカフェに行ったらいいよ。大通り沿いの」そこで、私はコンサート会場を出て最初に目に留まったカフェに入り、ためらいがちにトイレはどこかフランス語で尋ねました。「トイレはお客様しか使えません」と即答されたので、カフェを1杯オーダーしてトイレへ。トイレはドアを開けるためのジュトンと呼ばれる専用コインか小銭が必要な仕組み。小銭を持ち合わせていなかったので、また上にあがり、恥ずかしさで真っ赤になりながらギャルソンにジュトンをもらいました。

再び下へ降り、ジュトンを入れてドアを開けると……トイレが詰まってる!! 強烈な臭いが漂い、流されてない便器の中からトイレットペーパーが床まで垂れていて、サニタリーボックスはタバコの吸殻で満杯。もうイヤ〜。階段をかけ上がって、カフェ代を支払い、大通りに出ました。さっきよりさらにトイレに行きたくなってきたので、さっそく次のカフェへ。

すぐにまたカフェを頼み、トイレのジュトンをお願いすると、「ジュトンは必要ないですよ、マダム。トイレはすぐそこの階段の下です」「どうもありがとう」刑罰を受けに向かっているような胃の痛みを感じつつ階段を下りると……女性用トイレは工事中で使用禁止。

男性用トイレになんてとても行けません。でもこういうとき、フランス人女性たちは堂々と男性用トイレに入っていきます。そして、男性も特に驚くでもなく……。

泣きそうになりながら階段を上がり、カフェ代を支払って大通りへ向かいました。コンサートはそろそろ次のステージが始まるころだから、シャールさんも心配しはじめるでしょう。切羽詰まってきたとき、通りに公衆トイレを見つけました。急いで駆け寄りドアに小銭を入れますが、開きません……。

結局、レストランに入り、オーナーの方にお腹が痛いということを説明すると、トイレに通してくださいました。やっと普通のトイレに入ることができました！

ところが、入ってすぐにライトが消えました。このビル全体が、いえ、おそらくこの辺り一帯が停電になってしまったのかと思い、パニック状態になりました。

「どうやってここから出ればいいの？　閉じ込められてしまったわ……」鍵やドアノブを探してやみくもに壁やドアを触っているうちに、スイッチのようなものに手があたり、再びライトが点灯。このとき初めて、パリ特有の「ミニュットリー（タイマー式スイッチ）」というシステムを知りました。

パリではみんなが忘れっぽいことをお見通しなのでしょうか？　自分で電気を消すことなく自動的に消してくれるシステムを開発したのかもしれませんね。実際にミニュットリーはお店のトイレだけでなく、多くの場所で使われています。アパルトマンのエントランスや廊下の電気もそうなんですよ‼

子どものころ、母はよく「トイレをきれいにしておくと、美人になれるのよ‼」と言っていました。

内面が美しい人は、外見も美しくなる。他の人がやりたがらないこと、たとえば、トイレ掃除をするのは素晴らしいことなのだと。私たち日本人はこういった教えを耳にし、また、他の人のことも考えて、そしてもちろん、衛生上トイレを清潔に保とうとするようになったのだと思います。

そして日本のトイレは今、洗浄シャワーに脱臭・乾燥機能がついたタイプが一般的になってきました。もちろん消音機能もついています。日本人女性にとって、トイレの音を聞かれてしまうのは恥ずかしいことですから……。

ある日、パリを訪れていた友人の日本人女性が、観光バスでとある街へ行った話をしてくれました。その旅はなんの問題もなく順調に進んでいたそうです。運転手さんが焦った様子で「水がなくなったので、トイレは使えません」と乗客に告げるまでは……。

実は日本人が音を消すための流水音付きトイレを使い慣れていることが原因でした。パリ式トイレにそのような機能はもちろんないので、彼女たちは音を消すために、毎回バスのトイレの水を流してしまったのです！　それで、その日はずっとバスから降りて公衆トイレを使うしかなかったのだそうです。


パリでは、できるだけ出先でトイレに行かないようにしています。特に公衆トイレは避けたいです!!　それでも外出先でどうしても子どもたちがトイレに行きたくなるのはあたりまえのこと。カフェやレストラン、あるいは公園で一緒にトイレに行きます。

毎回、トイレに向かう階段を下りながら……いったい、何を目にするのだ

街のいたるところで見かける公衆トイレです。使用中でなければボタンを押すとドアが開きます。最近は無料になりました。わが家の近所のトイレはタクシー運転手さんがよく使っています。

ろうか？　と緊張します。パリのカフェなどのトイレは地下にあることが多いのです。そして……やっぱり目にする光景は……いつも同じです。

とても狭くて、臭いがひどくて、床に平然と置いてあるトイレットペーパーたちです。それもロール状とはかぎりません。不気味なピンク色をしたトイレットペーパーがあったときには本当にびっくりしました。本当にこれは拭くための紙？　と思ってしまいます。

日本人にとっては、まるでごわごわのクラフト包装紙みたいなトイレの紙。日本がすごいなあと思うのはトイレットペーパーでもティッシュペーパーでも、高級なものでなくてもとても柔らかく使い心地がいいですよね。また値段もそう高くはありません。

フランスは……トイレットペーパーもティッシュペーパーもなんだかごわごわ……。ちょっと頑張って値段の張る〝いいもの〟を買っても、満足とはいきません。柔らかいというより、普通のものが2層、3層になっているとしたら、〝いいもの〟は5層くらいになっているという感じです。わが家に遊びに来た日本の友人は「江里ちゃんの家のトイレットペーパー、厚みがありすぎる!!」と言っていました……。

日本から〝鼻セレブ〟という名のポケットティッシュを買ってきました。春先の花粉のすごい時期に、娘や彼に渡して使ってもらっていました。だって、娘の鼻は痛々しいほどに赤くなっていたので……。

ところが娘が一言「ママ、この日本のティッシュ、柔らかすぎて鼻をかんだ気がしない……」と。なんだかなあ〜。


ある日、パリを訪れていた日本の友人をディナーに招待しました。友人は大切そうに大きな段ボールを抱えてわが家へ!!

それは私たちへのお土産でした!! シャールさんは日本人が普通しないことをしてもいいかどうか友人に尋ねました。それは人前でいただきものを開けること。フランス人はプレゼントをいただいたら、すぐに目の前でラッピングを豪快にビリビリと破り、プレゼントを開けます。

シャールさんが心弾ませて箱を開けると……中から出てきたのはトイレットペーパーでした!!

それを見たときのシャールさんの顔ったら……相当なショックを受けたそうです。

友人曰く、フランスのトイレットペーパーは硬いから、きれいな川の水を使い、5年の歳月をかけて作られたこの上質なトイレットペーパーをぜひ、使ってもらいたい!! と。

私は飛び上がらんばかりに大喜び!! シャールさんは硬くなってしまった表情を必死に柔らかくしながら「ありがとう!! こんなに大きな段ボールを日本から持ってきてくれてありがとう!!」と……それだけ言うのが精いっぱいでした。

トイレットペーパーがプレゼントというのは、フランス人にしてみたら生理用品をプレゼントされたような感覚だそうです。

でも私はどれだけうれしかったか!!

なぜ、フランス人がトイレをきれいに使えないのか? いまだにわかりません。

実際にわが家の子どもたちは学校のトイレがあまりに汚いので……できるかぎり我慢をしてトイレに行かないようにしているのです。

家に着くなり彼らがすることは、トイレに駆け込むこと。我慢をするのは体によくないからと言うのですが……学校のトイレに行きたがらないのです。

学校は勉強をする場所なので、日本のように子どもたちが教室や廊下やトイレを掃除することはありません。それは他の人の仕事なのです。

だから、朝のトイレはきれいなはずです。プロの清掃員が掃除をしているのですから……それがあっという間に入りたくないほどに汚くなってしまうのはナンデ??

あとに使う人のことを考えて、汚してしまったら自分できれいにする……という考えがないのでしょう。

あらためて……大人を見て、子どもは育つのだと実感しています。

Le maquillage　化粧品

シャールさんが自分のパートナーが〝やっぱり日本人だ!!〟と実感したのはたぶん、初めて一緒に海に行ったときだと思います。

彼にとっては、そして例外なくフランス人にとっては海といえば……日焼けです!! 直射日光のすごい時間帯に日焼け止めを塗らずに、むしろきれいに焼くためにサンオイルを塗って、無防備に体をお日様にさらけ出すのです。

フランスの海岸に行ったら驚かれるでしょう!!

ワンピースタイプの水着を着ている女性は少なく、ほとんどがビキニ。素敵なボディーの若い女性も、80歳になるおばあちゃんも……赤、黒、白、オレンジ……色とりどりの露出度の高いビキニに身を包んでいます。

さらには……ビーチの半分以上の女性はトップレスです。体全部をきれいに焼きたいのでしょうねえ!!

そんな光景を見慣れたシャールさんにとっては、「日焼けは最大の敵!!」という日本人女性のスタイルは衝撃でした。

ふたりでフィリピンの海に行ったのは、私がまだテレビのレギュラー番組などを担当していたときです。とても蒸し暑く、ビーチに着くやいなやシャールさんは水着一枚で強烈な日差しの中、大喜びで寝ころびました。

私はといえば……水泳部だった私は高校3年生まではこんがり色の肌でした。もともと色白ではないですし、本音をいえば日焼けが大好きでした。

ただ、日焼け止めも塗らずに無防備に焼くことは大人になってからはしませんでしたが（高校生までは……無防備でした……）。

とはいえ、このときは仕事のこともあり、いきなり次の収録のときにこんがりしていたら……どうかしら？　と気をつけることにしました。

大きなパラソルの下に入り、顔を中心に全身にＳＰＦ度の高い、けっこうべっとりした感じの日焼け止めを塗り、ほとんどおしろい状態!!　さらに大きなバスタオルを体の上にかけて、冷えた小さなタオルを顔にかけて横になろうとした瞬間……シャールさんと目が合いました!!

シャールさんの驚いた顔といったら……目は驚愕のまなざし、口は何かを言いたそうに開いてはいるけれど、言葉が出てこない様子……。

「エリコ、足の指が一本、出ているよ。そこだけ焼けちゃうよ……」

からかわれているのはわかりましたが……急いで足の指をバスタオルの中

に引っ込めました。

フランスもその昔は色白であることが上流階級の証であり、男女ともに日焼けなんて考えたこともないという時代もありました。

でも、今はこんがりテラコッタの肌が、豊かな生活の象徴のようになっているようです。つまり、仕事をし、ヴァァカンスはお日様の下でのんびり過ごす……それが〝豊かな生活〟なのです。

日焼けサロンからテラコッタを通り越して、完全にこげている感じのマダムがうれしそうに出てくるのを何度も見かけていますし、日焼けサロンをいたるところで見かけます。

テラコッタまでいかなくとも、ちょっと焼けていると顔色がよく見え、健康的な印象を相手に与えるという理由で、仕事上のイメージ作りのために日焼けサロンに行く男性もいます。

フランス人の友人たちと海に行く機会が何度かありましたが……女性もみんな何も塗らずにお昼の12時という時間帯でも、ビーチチェアに寝転がって、気持ちよさそうにお昼寝をしています。

そんなとき、シャールさんは笑い話として、このフィリピンでの出来事をみんなに話すのです。

一方、日本人女性は色白であることに強いあこがれを持っていますよね。日傘、UVカットの帽子や服、アームカバーなどなど……できるだけお日様と友達にならないように必死の防御!!

日焼け防止グッズに加え、1980年以降には美白用化粧品もよく使われるようになりました。2000年ごろから、一部の中高生の間で日焼けが流行ったこともありましたが、そのような流行も一時的なもので、すぐに収まりました。

やっぱり私たち日本人にとっては色白は美しさの象徴なのです!!

極上の美しさの代名詞は、完璧な白肌を持つ芸妓さん。平安時代(794〜1185年)、宮廷に仕える女性たちはすでに白肌を保つ美容法を実践していたとか。白い肌は、純粋、清潔、無垢そして女性らしさの象徴だったのです。

江戸時代（1603〜1867年）になると、粉おしろいで化粧をする時代の寵児、歌舞伎役者の人気もあり、この傾向は庶民の間に広がりました。おしろいとは、もち米、キビ、大麦などから作られる粉です。

白い肌、赤い唇、面長の小顔にスッと引かれた眉を持つ京都の芸妓さんによって洗練されたこの白肌は、西洋人が抱くイメージだけではなく、日本の美の理想です。何世紀にも渡って受け継がれ、今なお変わらぬ美なのです。

透明感がありキメ細やかで吹き出物やシミ・シワのない美しい肌は、女性のたしなみであり、またそうあるべきともされています。そして、日本人女性はそのような完璧な肌を目指して、たゆまぬ努力を重ねます。

シャールさんは「エヴィドンス　ド　ボーテ（evidens de beauté）はエリコがずっときれいでいられるように作ったんだよ」と言います。

彼がスキンケアのブランドを作ろうと思ったのは、私がクリームで3回目にアレルギーが出てしまったときでした。クリームはとてもよいとされているものでしたが、残念ながら私の肌には合わなかったのです……。

多くの日本人女性は、肌の手入れにきちんと時間をかけていると思います。その時間の長さは様々でしょうが、それでも一通りのステップを毎日欠かさずにやっていると思うのです。朝から晩まで走り回っているような今の状況でも、私にとっては朝晩の手入れは欠かさずにやるべきものですし、ひとりきりで洗面所にいる時間はとても大切です。

みなさんもそうですよね？

私が初めてお化粧をしたのは大学卒業後、フジテレビに入社してからです。会社に入るまでは、うっすらとリップクリームを塗る程度でした。ですから当然、アナウンサー採用試験のときにも、ノーメイクでリップだけをつけていきました。

実際に面接で「ノーメイクで来た人はこれまでにいないねえ」と言われ、私は落ちたな……と思ったほどです。

他の人たちは、みんなとてもきれいにメイクをしていたのですから……。

でも入社して、テレビにもほとんどノーメイクで出てしまったときには、さすがにフジテレビのメイク室担当部長さんから「中村さん、せめてファンデーションは塗りましょうね。スタジオのライトにあたったときに、あなただけ顔色が悪く見えてしまうわよ」と注意をされてしまいました。

テレビに出る、出ないにかかわらず、日本の社会では、きちんとメイクをすることは社会人としてのマナーであり、テレビに出る人間としてはプロとしての自覚を表すことであることを学びました。

メイク室で会う女優さんたちやアナウンサーの中には、1時間以上かけてシミやシワを隠していく方たちも……。

それだけ、メイクは大切なことなんだなとわかったのです。

それでも……今の日本のあまりにも加熱しすぎているようにも感じる美白信仰や、メイクの流行などには首をかしげてしまいます。

フランス人女性は肌の手入れやメイクに関して、もっともっとおおらかで、素敵だなと思いました。

パリに来て驚いたのが、メイクをしている人が少ないこと。まったくのノーメイクなのかノーメイクに見えるナチュラルメイクなのかはわかりませんが、とにかく素顔のようです。

化粧で顔の欠点を隠そうとしているようにも見えませんし、仕事をしている女性たちもほとんどノーメイクです。

日本だったら、たとえば銀行の窓口の女性はちゃんとお化粧をしていますよね。華美ではなく好感を持たれるくらいに。それが接客をする女性のたしなみなのですよね？

パリでは……銀行の女性はほとんどお化粧をしていません。いえ、たぶん、起きてから顔も洗っていないと思います。

ほくろやシミやシワを隠すわけではなく、ちょっと唇にグロスをつける程度。その気楽さやおおらかさは本当にいいなあ!! と思うのですが……。

友人や美容ジャーナリストたちに話を聞けば聞くほど……おおらかだわ!!とだけは言えなくなってきました。

有名なファッション誌のジャーナリストの友人は、とてもシックで素敵な女性です。顔立ちは華やかですから、ちょっとグロスをつけるだけで、ちょっとマスカラをつけるだけで、表情はまったく変わります。

「ねえ、フランス人女性はどんな風にお手入れをするの？」

「夜は乳液タイプのクレンジングをつけて、コットンでそれを落として、あとはローションでさらにふき取るくらいかな？　クリームもつけるかな？　朝は別に顔は汚れていないから……そのままよ」

うそでしょう⁇

それは「シャワーを浴びて、石鹸で体を洗って……流さずにそのまま寝るのよ‼」と言われたようなものです。

日本人女性は少なくとも5種類くらいの化粧品を使っています。乳液あるいはオイルタイプのクレンジング、洗顔料、保湿用ローション、美容液あるいは目元用美容液、クリーム。

日本の化粧品市場が世界第2位の規模を誇っていることからも、日本人女性にとってお手入れがいかに大切なことなのかわかります。

この本をフランスで出版したときに、反響が多くあったのですが……この日本人女性のお手入れのすごさにびっくりしている人たちがとても多かったのです。

「本当に日本人はそんなに化粧品を使うの?・」「毎日大変よねぇ。でもだから日本人は肌がきれいなのね」

パリで夏になるとよく見かけるタイプの女性がいます。

長袖長ズボンに大きなつばの帽子、手にはパラソル、そしてサングラス。公園で子どもを遊ばせているようですが……周りのママたちやベビーシッターさんたちは見て見ぬふり……。

私にはわかりました、日本人のママなんだって。

やはり本を読んだ方が「わかったわ〜。あの重装備の人は日焼けが嫌なのね」

日焼けもしすぎないほうがいい。重装備もしすぎないほうがいい。

バランスよくお日様と仲良くなり、最低限のお手入れは自分のためにし続けたいなあと思うのです。

パリは空が大きいような気がします。それは建物の高さが決められているから。私は東京にいるときに空を眺めることがありません。でもパリではぼーっと空を見上げていることがあります。空にも表情があって……流れていく雲や空の青さに惹きつけられるのです。パリに来てから、ただ空を撮った写真が増えました!!

Le réveillon　年越し

「12月31日は何するの?」フランス人の友人たちにそう聞かれても、その質問の意味がよくわかりませんでした。

だって決まっているじゃない……年末年始は家族と過ごすものだって……。でも、やっと意味がわかりました。これは「年越しを誰とどこで、飲みながら過ごすの?」「どこでフェット(お祭り)をするの?」ということだったのです。

フランスと日本では年末年始の過ごし方がまったく違うんですね!!

日本では一般的には仕事納めが28日くらい。そこから年明けの5日くらいまではいわゆる〝年末年始〟のお休みです。

書き残した年賀状を必死に書き、年末年始用の食料品の買い出し。1年の汚れをきれいに落とすために家族総出で大掃除。私はたぶん、普通の日本人以上にこの年末年始の時間が好きだと思います。

家族と一緒にいるのが大好きですから……一緒にいて、一緒に何かをできる、あるいは何もしないでお茶を飲んでいるだけでも涙が出そうなくらいにハッピーな気持ちになるのです。

子どものころから、障子の張替えをしたり畳を上げたり、壊れものや使わなくなったものを片付けたり……そして、すっきりとした気持ちで新しい年を迎えていました。

日本の大みそかが、家族が集まり1年を振り返り、新たな年に思いを馳せ、心安らかに新年を迎えるものであるのに対し……フランスは正反対!!

私はもう10年以上、日本でお正月を過ごしていません。

シャールさんによく言います。「私は1年で一番好きな年越しをもう10年以上も日本でしていないのよ!! あなたが日本のクリスマスはクリスマスじゃない!! って言って、クリスマスの時期に日本に行きたがらないのと同じで、私だって本当は新年をパリでなんて迎えたくない〜!!」

なぜ、私がこんなことを言ってしまうかというと……いや〜、本当にあまりにも違うのです。

わが家がフランス式に年越しをするときは……大勢の仲間と31日の20時くらいから誰かのパリの家に、あるいは誰かの田舎の家に集います。

そして……ショックなことが起きるのです。

あるときは〝子どもたちは禁止!!〟とお達しが来ました（試練1）。

12月31日に気持ちよく、もしかしたら朝まで帰ってこないかもしれない家に来てくれるシッターを探すこと（試練2）。

「10、9、8、7、6、5、4、3、2、1、ボナネ!!（あけましておめでとう!!）」という叫び声とともに、すでに数時間飲んで大酔っぱらいの、その場にいる人たち全員とキスをすること（最大の試練3）。

パリの友人宅で年越しをすることになったとき、友人カップルから子どもなしで楽しもう!!　という連絡が。

10カップルのうち、この言葉に激怒したのは……私とイギリス人の友人だけ。そこでシャールさんに静かにこう言いました。

「私はパリでの様々な試練を受け入れてきました。郷に入れば郷に従え……そう思っています。でも、でも、大みそかに子どもを置いて年越しをするなんて私には考えられないし、そこまでしてでも行かなければならないのなら、あなたひとりで行ってきて!!　私はナツエと心穏やかに新年を迎えるわ」

この私の言葉は大問題となり……結局子ども連れで集まろうということになりました。シッターさんを探すのだってみんな苦労していたようです。

そして最大の試練は……キス！　そうあのほっぺたにチュッとする挨拶のキス。

もうみんな酔っていますから、思いっきり顔をくっつけてくるし、ブチューッとすごいキスをほっぺたにされたり……思いっきり抱きしめられてキスされたり……本当はそっとその場を抜け出したくなるくらいです……。

わが家が日本式に年越しをするときは……年末の2日間くらいは大掃除。子どもたちも張り切って一緒にやってくれます。

家族みんなでスーパーやマルシェに買い出しに行き、ケーキを買って……子どもたちにはシャンポミと呼ばれる子ども用のシャンパン（見かけはシャンパンそっくりの炭酸入りリンゴジュース）を買って……家でおしゃべりをしながら19時くらいから食事をし、21時くらいには子どもたちを寝かせて（それでも今夜は特別!!　と子どもたちは遅くまで起きているのを喜んでいました)、ワインを飲みながらシャールさんと過ごし……24時になったら「ボナネ!!」と言って、キスをして……寝ます。

シャールさんが物足りなさそうにしているのは気のせいでしょうか？　もう2、3度、日本式の過ごし方をしましたが、年齢を重ねたせいか、シャールさんも今ではこの日本式の静かな年越しが好きになったようです!!

そうそう、忘れてはいけないのは……フランスでは12月25日のクリスマスと1月1日は祭日ですが、1月2日からは普通に会社に行きます。学校もカレンダー次第では2日からスタートもあるわけです!!　これも大きな違いですよね。

さて、ではクリスマス（ノエル）はどうでしょうか？　クリスマスもまたとっても違います。

フランスではクリスマスこそ、家族の大切なイベントなのです。ラブラブのカップルも、クリスマスはそれぞれのファミリーと過ごします。

日本はどちらかというとカップルのイベントみたい。レストランやホテル、

ノエルは家族の大切なイベント。シャールさんのお母様のファミリーと過ごしたノエル。お母様のジェネレーション、その子どもたち、孫たち……大人数で数えることもしませんでした。

バーは着飾ったカップルで埋まり、お互いにプレゼントを渡し合う。そうですよね？　でも、東京のイルミネーションは素敵!!　なかなか見られないので……いつかは子どもたちにも見せてあげたい!!

フランスは家族のイベントであり、もちろん宗教的に重要な意味を持つ日であり、私たちも必ず24日の夜はミサに出席します。24日の夜のディナーと25日のランチが、メインイベント。25日は祭日ですからすべてのお店は閉まっています。

そして日本と大きく違うのが……本物のモミの木を飾ること!!

毎年12月に入るとモミの木を買いに行きます。街中のお花屋さんにはモミの木がずらっと並んでいて……自分たちの好きなものを選ぶのです。大きさも様々。

枝のつき方のバランスがいいか？　高さのバランスがいいか？　吟味しながら選ぶのです。

家の中に入るとモミの木の香りが……あ〜、クリスマスがやってくるんだ!!　と実感させてくれます。

モミの木の下にはプレゼントを置きます。早くプレゼントを開けたい子どもたちは、モミの木の周りをウロウロ……でも、ダメ!!　プレゼントを開けるのは25日の朝よ!!

木の下にプレゼントを並べて、子どもたちは〝プレゼントを開ける日〟を指折り数えています。

この時期のパリはもしかしたら1年で一番ハッピームードになっているかも。街中のイルミネーションは美しく、ウィンドウも声が出ないくらいに素敵!!

オペラ座近くのギャラリーラファイエットやプランタンのショーウィンドウは、一見の価値あり（66ページ参照）!!

毎年趣向を凝らしたウィンドウで、夢があって、ときめきます。

あのウィンドウを見たら、買い物をしたくなってしまう!!　それくらい心が弾む素敵な演出!!

いつもはムスッとしていたり、難しい顔をしているパリの人たちも……この時期は笑顔!!

だからこっちまでうれしくなる。残念ながら、この笑顔は数日間だけで、そう長くは続かないのですが……でも、やっぱりクリスマスのパリは本当に世界で一番美しい!!

シャンゼリゼのイルミネーション!!　11月から1月まで続きます。このイルミネーションを見るために、週末はフランス各地から人が来るほど。でも実は……パリジャンからはモダンすぎていいと思わない!!　と不評なのです。もっとロマンティックにするべきだと。

Le médecin 医者

12年前からパリで暮らしていますが、いまだに私はドクターに行くのが好きではありません。いえ、好きな人はいないと思いますが……ドクターに行くよりは来てもらったほうがよっぽどいいのです。

フランスにはSOSメドサン（SOSドクター）といって、たとえば休日や早朝、深夜などに体調を崩したときに対応してくれるシステムがあります。電話をすれば家まで来てくれるのです。

ドクター嫌いの私にシャールさんはあきれているけれども、こうなってしまったのは私のせいではないことを説明しなければなりません。

日本人女性にとって、フランスのドクターのもとを訪れるのはどれほどの覚悟がいるのかをわかってもらうために……まずは日本の一般的なドクターの様子を話すことにしました。

日本では多くのドクターが小さな快適なクリニックを開業しています。そこには必ず親切な受付の方がいて、初診の手続きも呼び出しも、会計も彼女が笑顔で対応してくれます。

少なくともパリのように、大きなため息をつきながら患者の対応をするなんてことはありません。患者は静かに待合室で待っています。

フランスはどんなドクターに行くのでも必ず予約が必要です。それに比べて、日本は予約なしで行けますし、どんなに混んでいても待っていれば必ず診察してもらえます。

フランスに来て初めて風邪をひいたとき、シャールさんは出張中でした。医者に行く際のシステムはどの国も同じだと思っていました。〝シック〟なパリのことですから……もちろん問題なんてあるわけがないと。

友人に家の近くのドクターを紹介してもらい、電話をしました。

ところが……〝シック〟すぎて……予約は取れなかったのです。正確にいうと、一番早くて3日後とのこと。ナンデ!? 今、具合が悪いのに……フランス人って治ったころに病院に行くわけ?

長女を妊娠したときのこと。妊娠がわかったのは東京にいたときで、それから1か月半くらい東京にいてからパリに戻りました。

すぐに診ていただこうと、すでに何回か定期健診でお世話になっていた婦人科のドクターに予約の電話をしました。

いつものセクレテール（秘書）がお休みだったため、代わりの女性が対応してくれました。

「予約をしたいのですが」

「12月の1週目でいかがですか？」

「あの〜、バルトと申します。もう何度もドクターにお世話になっています。妊娠していまして間もなく3か月になるのですが……」

「あら大変、じゃあどこかで早く来てもらえるようにするわ!!」

もし、何も言わなかったら……もう安定期も過ぎたころにドクターのところへ行くことに……。

もっとすごかったのは皮膚科です。一番早くて6か月後と言われたときには、笑い出してしまいました。

いまだに……緊急を要するようなときはどうなるのかしら？　と不安でたまりません。

話は、フランスで初めて風邪をひいたときに戻ります……結局、電話帳で必死に探し、近くで予約なしに診てくれるというドクターを見つけました。住所を頼りに歩いていくと……ごく普通のアパルトマンに到着。

でも、アパルトマンの入り口には、真鍮の板に黒字で名前が彫り込まれたドクターの表札が出ていました。

中に入り、すごく狭く、なんだかムッとした空気の漂っているふたり乗りのエレベーターに乗り込み……そこで引き返すべきだったのかもしれません。キャビネの扉には『チャイムを押して、中に入ってください』と書かれていました。

その通りにしてドアを開けると、ごく普通の誰かの家みたい。ここは本当に診療所なの？

目の前のドアに『待合室』とあったので、開けました。小さくて、暗い部屋。ふたりの先客がいましたが、私が「ボンジュール」と言っても、読みかけの雑誌からチラッと目を上げただけで、無言……。

中央の低い丸テーブルには乱雑に雑誌が置かれていました。かなりの量の雑誌がありましたが、どれもが6か月くらい前のもの……そして、それを読

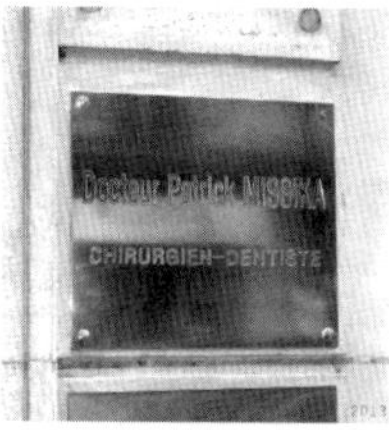

道に面した建物の入り口にこんな風に真鍮のプレートが何枚も掲げられているのを見かけると思います（左）。ドクターの名前や弁護士事務所の名前などが書かれていることが多いですよ。3枚のプレートの一番上は歯医者さんでした（右）。大きな看板が出ている日本のドクターとは違うでしょう？

んだ患者たちもちゃんと片付けずに、ポイッとテーブルの上に置いていってしまうんだろうなあと容易に想像できる乱雑さ。

いつもなら本を持っているのですが……うっかり忘れてしまい……しかたなく6か月前のファッション誌をめくりはじめました。何かしていないと息が詰まりそう……。

しばらくすると「マダム　バルト!!」と呼ばれました。

私を呼んだのは……60歳くらいの薄汚れてシワシワの白衣を着たドクター。

私の前に立って「à nous」(ア　ヌ)と。直訳すると「私たちの番ですよ」ということです。

え〜、初対面でこのしゃべり方はどうなのかしら?　普通はボンジュールとあいさつをして、握手をするとか……。

ドクターの診察室も普通の家の一部屋を使っているので、床に散らばった書類や棚に並べられた医学書、部屋の片隅にある診察ベッドがなければここが診療所だとはわかりません。

まずは大きな書斎机を挟んで、名前や住所、年齢など必要事項を伝え、受診の理由を話しました。

「わかりました。じゃあ、服を脱いで」

「え？　あの〜、angine[※7]（アンジン）だと思うのですが……脱ぐのですか？」

「アンジンかどうかを診察しますから……さあ、どうぞ」

この部屋には他には誰もいません。秘書らしき人は別の部屋にいます。日本でもしドクターが女性患者に、他に立ち合いの人もいない中で服を脱ぐように命じたら、それはもちろん、診察のためではあっても……翌日には新聞の三面記事になっている可能性が大きいです。

日本ではドクターがたったひとりで患者を迎え入れることはなく、必ず看護師が一緒にいます。

わけがわからなくなってしまい……でも、ドクターに診察をしてもらわなければ薬を買えません。上半身は下着一枚の状態で診察を受けていると、電話が鳴ってドクターは電話の相手と話しはじめました。

え？　私すごい格好だし、診察中だし……。

「え？　はい。はい。あ〜、下痢ですか？　そうですねえ、でもちゃんと見ないとガストロ（ウィルス性急性胃腸炎）かどうかわかりませんね。なんとかどこかの予約の間に入れますよ」

たぶん、3～4分はほったらかし。戻ってきたときも、一言の詫びもなく診察再開。

「やっぱりアンジンですか？」

「まあ、そうですねえ。軽いほうだから大丈夫。30ユーロ」

はあ、そんな説明で、処方箋を書いて、いきなりお金？

もう考えるのはやめにしました。30ユーロ払って、キャビネを出て……この国では体調を崩さないようにしようと心に決めました。

もらった処方箋の字はとても読めたものではなく……これでまたファーマシー（薬局）で何か言われたら嫌だなと心配していたのですが、ファーマシーの方はこういう字体に慣れているようで……すぐに必要な薬をくれました。

でもすごい量!!　日本ですと、一日3回1錠ずつ、5日間という処方だったら15錠きっかりを患者に渡します。

ところが、フランスでは箱単位なのです。私は一日2回、6日間抗生物質を飲むことに。ですから12錠あればいいのですが……。

この薬は一箱10錠入りで2箱渡されたのです。抗生物質なんてむやみに飲むものではないですから、あとの8錠は無駄になります。

でもこれでよくわかりました。シャールさんも、彼のご両親も、友人たちも家にやたらと薬があるのです。余ってしまった薬を取っているからでしょうね。

その夜、友人にドクターの話をすると、彼女は驚いて……「ちょっとダメよ〜。電話帳で調べたドクターなんかに行ったら。ドクターに行くのなら紹介よ!!　紹介状がなきゃ!!」

どこの国でもそうですが……フランスはドクターについては〝コネ〟を最大限に使うべきなのだと学びました。

このとき以来、私たちは紹介をしてもらったドクターのところにしか行っていません。

こんな対応はフランス人にとってはまったく驚くようなことではないのですが……日本人であり、まだまだ言葉の壁のある私にとっては、そして多くの日本人にとってはやはりショックなことなのです。

あるとき、整体のドクターである友人に体を診てもらうことになりました。友人ですからその旨をちゃんと予約を入れるときに秘書に伝えました。

そして……ひとつ質問をしました。

「すみません、マダム。パジャマを持っていったほうがいいですよね？」

「すみません、なんですか？　どうしてですか？」

「ですから、整体を受けるときにパジャマのほうが動きやすいですよね？服よりもパジャマのほうが……」

彼女は大笑いをしながら……でも冷たくこう言いました。

「マダム、面白い冗談ですが、私は忙しいのです」電話は切られました……。

ナンデ!?

この話をフランス人にすると……やっぱりとても驚かれます。

こういうとき、女性も男性もドクターの前でパッと服を脱ぎます。ドクターの目の前ですよ!!

女性も下着姿だけで……整体を受けます。あるいは初めからスウェットのような動きやすいものを着ていくか……。

鍼に行ったときも、ショーツ一枚になるように言われました。毛布などかけるものもないままに……そのまま30分待たされたこともあります。

私は裸のままで……忘れられたのだ……と泣きそうになりました。

日本ではパジャマを持っていったり、そこにガウンが用意してあったり、診察のときもちょっと着替えるスペースがあったり……私たち日本人が神経質すぎるの？

※7 angine（アンジン）　扁桃腺の急性炎症

友人のロドルフです。彼は友人であり、アーティストであり、放射線科のドクターです。今ではロドルフに他のドクターを紹介してもらっています。私の妊娠中は3回とも、婦人科、産科、放射線科のロドルフの連係プレーでした!!　心強い仲間です!!

L'hôtel ホテル

世界で一番ロマンティックな街のホテルに初めて宿泊予約したとき、まるで天国のドアをノックしているような思いでした。だって〝フランス流の洗練〟を体験することになるのですから……。

プチホテルと呼ばれる、こぢんまりとした価格帯も手ごろなホテルを選びました。

ここを紹介してくれた友人曰く、ノートルダム寺院の目と鼻の先にあり、とても〝かわいらしく〟〝安く〟〝魅力的〟なお勧めのホテルだとか!!

『昔の面影をそのまま残している宿に泊まってみませんか。カルチエラタンを代表する建物です。その石造りの建物が親しみ深い特別な雰囲気を醸し出しています』と案内には、英語、ドイツ語、スペイン語、イタリア語で説明がありました。日本語はなかったのですが……どんなところなのか、もう気持ちはパリでした!!

さて、空港に着いた私は、一刻も早くこのホテルと典型的なリーブ・ゴーシュ（左岸）の雰囲気を味わいたくて待ちきれない思いです。

ところが、ホテルに着いても、フロントにいたスタッフは私に対してなんの注意も払ってくれません。サッカーの試合を流しているテレビに釘付けになって電話をしています。話し終わると受話器を置いて私を一瞥し、またテレビに釘付けです。

私は思いきって、でも遠慮がちに言いました。

「おはようございます。大変すみませんが……」

「なんですか?」

「中村江里子です。東京から1週間の予定で部屋を予約してあるんですが」

「確認書をお持ちですか?」

「あっ、すみません。印刷するのを忘れてしまって」

「それは困ったなー。非常に厄介だよ。どうしたらいいか、わからないなー」

「私の名前がちゃんとそちらのリストに入っていると思いますので……ご確認いただけますか?」

「2日前からコンピューターが故障しているんですよ。ホールで支配人が来るのを待ってもらうしかないかなー」

「わかりました。何時ごろになりますか?」

「さあー、たぶん10時ごろかなー。ラッシュに巻き込まれなければの話だけど……」

そのとき午前6時半。私は一晩中飛行機の中で、ほとんど一睡もせず、だからとても疲れていました。仕事を終えてきているので、早くチェックインさせてもらえるように頼んでいたほどです。

それなのに今、私は、感じのいい装飾のこの小さなホールで、サッカーに夢中になっているスタッフの前にほったらかされて……座っているのです。

美しく花が飾られた食堂で、温かいカフェオレとクロワッサンが食べられたらいいのに。そうしたら元気になるわ!!

あ、そうだ、歩いてカフェドゥフロールまで行ってみよう!! 早朝の静かなパリを散歩して、素敵なカフェでゆっくりしよう!! 思わず笑顔に!!

「すみません、チェックインができないのでしたら、9時半ごろまで荷物を預かっていただけますか?」

「えっ? とんでもないよ。あなたは宿泊客というわけじゃないですからね。そんな荷物を預かるだなんて……責任持てないよ〜」

「だから……予約は入っています」

「それは僕は知りませんよ。支配人を待ってもらうしかないんです。支配人があなたの部屋があるかどうかを確認するんだから……」

怒りより、不安になってきました。

何かの手違いで予約が入っていなかったら……支配人がここには泊まれませんって言ったら……。

今からどこに行けばいいの？　だいたいこんなに混んでいて、いまさら空いているホテルなんてあるの？

茫然とホールの片隅のソファに座り込んで、祈るような気持ちで支配人の到着を待ちました。

彼が現れたのは9時45分。疲れのあまり……今朝のパリはたまたまラッシュがなかったのね、よかった!!　と思えたほどでした。

着く早々、支配人は怖い顔をしていました。

まるで警察が泥棒に話すような感じで、「おい、君、コンピューターは直ったのか？　2日も故障したままで誰も直そうとしないんだから……」

「いや〜、僕はコンピューターはよくわからないので、手をつけたくないんですよ」

「つまり、君は何もしていないわけだな。おい、この大きいスーツケースは誰のだ？」

「あ、そうでした。お話ししようと思っていたんです。早朝にあちらのマダムが到着したんですが、確認書を持っていないのでチェックインができないんです」

支配人はやっと私の存在に気づき、ぽかんとした顔をして、額に手をあてました（これはフランス人がよくやるしぐさです。「まいったなあ〜」というときに）。

この信じられない現実をなんとか理解しようとしている感じでした。

「君は私を馬鹿にしているのか？　このホテルを破産させたいのか？　失業したいのか？　君は働きすぎだとでも思っているのか？　もっといい仕事が見つかるとでも思っているのか？　誰も君なんか雇うものはいないぞ。どうして私に電話しないんだ？」

「お邪魔と思って。今朝6時だったんです、このマダムがホテルに着いたのは」

私は、支配人がフロントの従業員に言ったことをここにもう一度繰り返したくありません。

何分かのきりのない激怒のあと、やっと支配人は私のところにやって来ました。まだまだ極度に興奮した状態のまま。

「ボンジュール、マダム。なんとかしますからご心配なく。あなたの部屋は用意してあります。本当に申し訳ない手違いで……。私の従業員は、つまり、そのー、あっ、そうでした、エレベーターも故障していることをお知らせしなくては。イギリス人観光客が飲みすぎてエレベーターの中でけんかをしたんです。何かがおかしくなって、機械が完全にブロックされてしまったんです。エレベーターからイギリス人たちを出すのに消防車を呼ぶ羽目になりまして……。それ以来、動かないんですよ。今週末には修理されるはずですが……」

彼の説明の意味がよくわかりません。そんなことよりも一刻も早く部屋に入りたいのです!!

「どなたか私のスーツケースを運ぶのを手伝っていただけますか？　とても重いので……」

「ええ、もちろんです。レセプショニストに手伝うように言いますよ」

私はスタッフのあとについて4階まで上がっていきました。その間、このスタッフはまったくやる気のない感じで、「なんで俺がこんなもの運ばなきゃいけないんだよ!!」とでも言いたそうにぶつぶつと文句を言いながら仏頂面でした。

私の初めてのパリのホテル体験は、私の人生を変えてしまうかのようなものでした。

さて、日本のホテルとは違うフランスのホテルの魅力といったら……ダブルベッドでしょう。

なぜダブルベッド？　日本のホテルでもし、ダブルベッドの部屋に泊まるとしたら、それは母親と子どもが同じベッドで寝るためであって、多くは夫

雰囲気のあるエントランス。これはプチホテルの入り口。パリの高級ホテルももちろん素敵ですが、プチホテルは個性があっていいなあと思います。でも、私のような失敗をしないように……。

婦のためではないですよね？　実はこれがパリのディナーでもとても盛り上がるテーマのひとつなのですが……そして、日本とフランスの違いをとてもよく表しています。

基本的に日本では夫婦が同じベッドで寝る習慣がないように感じます。

実際に友人夫婦やカップルからパリ滞在のホテルの予約を頼まれることがありますが、今では必ずこう聞くことを忘れません。

「ダブルベッドの部屋がいい？　ツインベッドの部屋がいい？」

ほとんどの場合、「ツインのほうがいいなあ！」と即答されます。

もし私がそんなことを言ったら……シャールさんは大激怒です!!

あるとき、シャールさんが仕事で東京に来ました。私はすでに子どもと一緒に実家にいました。彼はミーティングなどのために場所が必要だったので……知っているホテルに一部屋お願いをしました。

彼の滞在中は私と子どもも一緒にホテルに泊まることになっていたので、その旨もお伝えしました。

私は〝ダブルベッド〟の部屋をお願いしました。フランス人と結婚した以上……必須です。

チェックインをして、いざ通されたお部屋は……ツインベッドでした。

シャールさんの表情が硬くなってきました……。

ホテルのスタッフの方は穏やかな笑顔で、「せっかくのご滞在なので、少し大きめのお部屋をご用意させていただきました。どうぞごゆっくり」と。

シャールさんは喜ぶどころか、怒り爆発寸前!!

「僕は大きな部屋じゃなくていい!! なんでツインベッドなんだぁ～～」

「シャールさん、ホテルのご厚意なのよ。わかったから……今からレセプションに行ってくるから……。でも、まずはお礼を言いましょうね!!」

Le sexe セックス

私がシャールさんと結婚するの!!　とアナウンスしたとき……特に両親の世代の方たちから「江里子さん、注意したほうがいいわよ。フランス人ってケチで、たくさん愛人がいるらしいわよ!!」と忠告をされました。

こういったフランス人に関する〝うわさ〟を聞くと、笑ってしまいます。シャールさんはよく怒っていますが……。

なぜなら……もし男性が家庭の外で欲望を満たしている国があるとしたら、それは間違いなくフランスではなく日本だと思うのです。気分を害されたらごめんなさい。

でも、日本に住んだことのあるフランス人たちとこのテーマで討論になると、私の「そんなことはない!!　日本はそんなことはない!!」という声はだんだんかき消されていってしまいます。

外国人には芸者という世界的な遺産があるように感じられている「バー」やホステスのいる「クラブ」などは、いわゆる〝道楽者〟〝遊び人〟だけが行くところではありません。それはどこにでもあり、誰にでも門は開かれていて、多くの男性は一度はその扉を開けたことがあるでしょう。というのは、そこがたがをはずせる唯一の場所ともいえるからです。

すでに有名な話になっていますが……日本ではセックスレスの夫婦の数はかなりになるといいます。

その原因は男性にあるのか？　あるいは子育てで精いっぱいになってしまっている女性にあるのか？　夫婦は男女から父親、母親になってしまうのですね。

それだけでなく、フランス人をはじめとする外国人の多くが驚くのが……日本人男性のロリコン趣味です。あ、ごめんなさい、またはっきりと書きすぎてしまいました……。

でも言い方を変えても同じことでしょう。年下の、それもず〜っと年下の女性に興味があり、ましてや高校生の制服や下着が売買されていたというニュースは大きな衝撃をもって報道されていました。

ビデオゲーム、漫画、テレビドラマ、アイドル現象……10代の女の子がセクシーな衣装を着て、大勢の男性しかも多くは30〜40歳代以上の男性の前で歌うというのは、やはり不思議な感覚のようです。

とはいえ、これだってどこの国にもある現象ですし、個人の趣向の違いですから、私たちがどうこう言うことではないのです。

ただ……フランスではどんなに夫婦間の愛情が冷めてしまったり、セックスレスになったとしても、ベランダに干してある下着めがけて、アクションスターのように動く人はいないでしょう（つまり下着泥棒）。

フランス人男性は、夫らしい夫、模範的な父親、完璧な会社員という役割に縛られていない分、もっといろいろなことに対して自由なのだと思います。

彼らは、欲望やフラストレーションを容易に表現することができるのは大切なのだと。


みなさんは、ご主人やボーイフレンドと一緒に下着を買いに行ったことがありますか？

パリのデパートでは、試着室に入っている女性のご主人が、ちょっとカーテンを開けて中をのぞいて、感想を言ったりしているのを見かけます。

もっとこういう下着を着てほしいとか、要望を出したりもしています。

若いカップルであろうと、ご年配のカップルであろうと、ほほえましい光景です!!

高校生の下着に興味を覚えるよりも、一緒にお店に行って、妻に身につけてもらいたい下着を選ぶほうが、何百倍も素敵でしょう?

やはり日本とフランスはとっても違う。いえ、むしろ日本がこの世界の中でとっても違うのではないだろうか? と感じるようになってきました。でもそれは日本独特の文化であり、人との距離感であり、心遣いであり……だからずっとこのままでもいい!!

私もフランスに住みはじめたとき、フランス流のあいさつにはなかなか慣れないでいました。

私たち日本人は〝人との距離感〟をとても大切にします。それは言葉遣いに表れますし、わかりやすくいえば体の近さでもはかれます。

日本にいるときは私がピタッとそばに寄る男性は、恋人だけでした。それ以外の人とは、必ず距離がありました。それはマナーでもあります。

でもこちらに来たら……初対面の人とは握手。相手が友達の友達くらいになると、初対面でもほっぺたにキス。

上半身はちょっと離れていて、頭だけ突き出す感じで頬にキスをすることもあれば、お互いに肩を持って、つまりかなり近い距離でキスをすることもあります。

初対面の女性は気になりませんが、やはり男性の手や顔の熱さを感じるというのは……日本人にとってはショックです。

「エリコ、久しぶり!! 日本はどうだった?」と明るく、ぎゅーっと抱きしめられて、ブチューッと頬にキスをされたこともあります。

たぶん私の顔は、硬直していたでしょう……。

そう、フランスは普段の生活から、男女ともに触れ合うことが多いのです。相手の熱を感じることが多いのです。それが日常なのです……。

触れ合うことで確かめ合うのです。

だからセックスが夫婦の中では大切なコミュニケーションであり、なくてはならないものなのですね。

お恥ずかしながらわかりやすい実例をひとつ。私が出産後に、お世話になっている婦人科医のもとを訪れました。

まだ授乳中だったので赤ちゃんも一緒に。出産後の婦人科の検診は女性の体にとってとても大切なことです。フランスでは出産をした女性は必ず行きます。

「体調は？　授乳はまだ続けるの？」など一通りの問診。そして……

「じゃあ、ピルを処方しておきますね。今が一番妊娠しやすいから……」

「あ、けっこうです。ピルは飲まなくても大丈夫です」できれば必要のない薬は飲みたくなかったので、はっきりと断りました。

「え？　大丈夫ってどういうこと。ごめんなさい……変なことを聞くけど大切なことなの。最後にセックスをしたのはいつ？」

先生は本気で心配を始めました。だって、赤ちゃんが生まれたからってセックスがないのは……それは夫婦の危機以外にはありえないと思っているからです。

私は……「あ、彼は出張でパリにいないことも多いですし、この間は体調を崩していたし、私も疲れているし、あ、彼も時差ボケがあって……」と言い訳のオンパレード。

フランスって大変!!

Le couple カップル

結婚をして子どもができると、日本人カップルは〝男と女〟ではなく、〝親〟になってしまいます。

それは愛情がなくなったということではなく、愛の形が変わっただけ……。

私もそれはよ〜くわかります。男女間で大切になるのは、理解し合うことやもっとお互いを知ることではなく、同じ価値観を持っていること。あるいは教育方針が一致していることなどにより重きが置かれるようになります。

だからなのでしょうか？　日本では今でも〝お見合い〟があります。同じ価値観、教育方針を持っている人……すなわち似たような環境で育った人と一緒にいることが夫婦円満の秘訣とでもいうように。

お見合いは日本だけに限ったものではありません。フランスでも歴史を紐解けば〝お見合い〟によって、国や家系が守られてきたこともありました。きっと今だって、私たちの周りにいないだけで、〝お見合い〟で結婚しているカップルはいるはずです。

当初、シャールさんはこの〝日本的な習慣〟にショックを受けていました。

私が学生のころや会社員のころには、お願いをしたわけではないのですが、けっこう、お見合い話が来ていたことを話すと、さらにショックだったようです。私はもちろん、そのたびにはっきりとお断りをしていましたし、両親は笑っていました。

シャールさんがこの分野、つまり恋愛の分野では、日本はまるで遅れているかのように言うとき、私はこう言い返します。

「あのね、東京のほうがパリに比べて独身者は少ないのよ!!」

まあ、私はわざとからかって言っているだけで……なぜ私が今パリにいるのかを考えれば……それは自分の気持ちに正直でいたかっただけだということを彼は誰よりもよく知っているので……怒ることもできません。

私は日本人で、日本人の両親を見て育ち、多くの日本人夫婦を見てきました。日本のカップルの在り方に疑問を感じたことなんてあったでしょうか?でも、こうしてパリに住むようになって、違う国、様々なカップルを見たときに、日本文化の中でいつの間にか培われてしまった日本人のカップル感に疑問を抱くようになりました。

日本人カップルといったって、10組いれば、10組それぞれの在り方があります。でもやはり……まだまだ男性が仕事をし、付き合いの食事や飲み会は男性だけ、だいぶ減ったとはいえ週末のゴルフの付き合い……それをしょうがないと許せるフランス人女性は皆無だと思います。

シャールさんと侃々諤々やりあったのは、単身赴任の話。友人のご主人が転勤で海外へ行くことに。子どもの学校のこと、転勤の期間を考えると「単身赴任でもいいんじゃないの?」と私。「そうよねえ、私もそう思っていたの!!」と弾んだ声の友人。それを聞いたシャールさんの顔ったら。ものすごい形相……。

「夫婦や家族は一緒にいるものだ!! そんなことをエリコは認めるのか?」

いや〜、認めるも何も……もう言葉がありません。フランスではよほどの家庭の事情がないかぎり、単身赴任は絶対にありえません。

これは日本ではあたりまえなのよ!! と言えば、君はフランス人と結婚してよかったね!! と返ってくる。まあ、わが家は絶対に単身赴任なんてことはないことがわかりました。

シャールさんと日本にいるときに、テレビ番組の中でこんなシーンを見ました。40歳前後の男性が妻へのプレゼントを買いにデパートへ。でも妻が何が欲しいのかわからず、店員さんにアドヴァイスを求めます。

店員さんは香水を勧め、男性は高価な香水を買って家に帰ります。迎えに出た妻にそっけなく、まるで拾ったものでも渡すように「はい、これ」とプレゼントを渡します。

妻はプレゼントを開けて、夫の気持ちに涙し、夫はまるで自分とは関係のない出来事……というように横柄な態度でそっぽを向いています。

日本人男性はなんて不器用なんだろう……と、もうじれったくなりました。ただ、照れくさいだけ……。

でも、ノロケではなく……毎日朝から晩まで「愛しているよ」とか「きれいだよ」と言ってくれる男性がそばにいることが、どんな高価なプレゼントよりも大切なのかも……と思うようにもなりました。

本当にしつこいくらいに言いますが、フランスはカップル社会です。どこに行くにもカップル単位です。

シャールさんはこんな風にしょっ中、キスをしてきます。でも日本人である私は……同じことがまだできない。いつになったら、何気なく、さりげなくできるようになるのかしら？　あ、でも子どもたちには毎日、何十回とキスしています……。

たとえば……日本で同僚の結婚式に招待されたら、自分ひとりが行きますよね？　というより妻はまたは夫は招待されませんよね？　面識がなかったら当然のことで、誰も不思議にも思いません。

一方フランスはたとえ面識がなくたって、カップルで招待をされます。これまでにいったい、何回、ほとんど面識のない人の結婚式に出席したことか。ディナーもそうです。私がまったく知らない人のお宅へディナーに行くのです。カップルで招待されているから……知らないから行きたくない!!　は通用しません。

日本とは正反対でしょう？　でも本音を言えば……日本とフランスの中間くらいがベストだと私は思っています。

フランス人男性と結婚したいと望んでいる日本人女性が多いと聞きました。隣の芝生は青い……ではありませんが、それぞれにいいところはあるのです。

今では私は思ったことをうまく口で表現できない日本人男性は本当にかわいいなあと思います。ただ大きく違うのは、フランスでは女性はもっともっと自由であるということ。妻とか母親とかそういったものに縛られていない……そう感じます。

数年前に東京で友人とお茶をしていたときに、学生時代の友人に声をかけられました。

私が一緒にお茶をしていたのはアメリカ人と結婚した友人。学生時代の友人はまず彼女に聞きました。「どちらにお住まいですか？　え？　アメリカ？　いいですねえ」「エリコは？　え？　パリ？　いいなあ。どうやったらフランス人と結婚できるのかしら？」

この12年、よく耳にする言葉です。〝パリ〟は人を魅了する魔法の言葉。日本に限らず、どの国に行っても〝魔法の言葉〟。

でもね、私は心の中でそっとつぶやくのです。もし今、私が幸せだとしたら……それはパリが私にくれたものではなく、シャールさんと一緒にいるからなのよ!!　と。

私がこの本を書いた理由のひとつは、まだまだ「愛している」を上手に言えない私が、そのことをシャールさんに伝えたかったからでもあります。

あとがき

“*Nââânde!?*”は3年かかって、一冊の本になりました。

手探り状態でスタートしたときからサポートをしてくれた、たぶん日本人よりも日本人らしいJoseph Beauregard。

パリでこんな風に感じているのは私だけじゃないんだ!! と心強く感じることができたパリ在住の日本人女性のMomokoさん、Emma-Keikoさん、Mikaさんたち。

そして、私の思いを形にしてくれたMarjorie Philibert。

もちろん、様々な話題を提供してくれたシャールさん。

そして、「本にしよう!!」と声をかけてくれたGuillaume。彼がいなかったらこの本は存在していませんでした。

“*Nââânde!?*”を日本で出版するにあたり、翻訳のお手伝いをしてくださったドレカミジャポンのみなさま。

SBクリエイティブの比嘉めぐみさん。

フランス語で、日本語で本を書くことで、さらに日仏のよさ、違いがわかってきました。

この本を手に取ってくださり、読んでくださったみなさまにも心からありがとうございます!! と言いたいです。

たくさんの感謝の気持ちを込めて……

2013年6月 パリにて

中村江里子

中村江里子 なかむら・えりこ

本名Eriko BARTHES（エリコ・バルト）。1969年東京生まれ。立教大学経済学部卒業後、フジテレビのアナウンサーを経て、フリー・アナウンサーとなる。2001年にフランス人のシャルル・エドワード・バルト氏と結婚。生活の拠点をパリに移す。現在は3児の母で、パリと東京を往復しながら、テレビや雑誌のほか、執筆や講演会でも幅広く活躍中。著書に『マダムエリコロワイヤル』（講談社）、『ERIKO的おいしいパリ散歩』（朝日新聞出版）などがある。

12年《ねん》目《め》のパリ暮《く》らし

パリジャン&パリジェンヌたちとの愉快で楽しい試練の日々

2013年 7 月31日　初版第1刷発行
2013年10月10日　初版第3刷発行

著者　中村《なかむら》 江里子《えりこ》

発行者　小川 淳

発行所　SBクリエイティブ株式会社
〒106-0032 東京都港区六本木 2-4-5
TEL.03-5549-1201（営業部）

印刷・製本　萩原印刷株式会社

ブックデザイン　原田 恵都子（ハラダ＋ハラダ）

撮影　横田 安弘／PRESS PARIS（カバー、p42、p108、p143、p145-152）

本文写真　中村 江里子

パリコーディネーター　横島 朋子／PRESS PARIS

ヘアメイク　岸本 真奈美

翻訳協力　日原 知子、芹野 啓子、香苗 オーギュスタン、ストリューステファニーちぐさ（以上、ドレカミジャポン株式会社）、小高 一絵（PRESS PARIS）

本文組版　アーティザンカンパニー株式会社

落丁本、乱丁本は小社営業部にてお取り替えいたします。
定価は、カバーに記載されています。
本書の内容に関するご質問等は、
小社学芸書籍編集部まで書面にてお願いいたします。
 ISBN978-4-7973-7348-6

SBクリエイティブの
パリ関連書籍

何度も足を運び、
心からおすすめしたいと感じた
おいしい店50軒を
厳選してご案内

とっておきの
パリごはん

トリコロルパリ、荻野雅代、
桜井道子［著］

ISBN978-4-7973-6465-1
A5判　1,785円（税込）

中村江里子さん推薦!
パリ在住歴20年の著者が、
パリジェンヌのエイジレスな
美の秘密に迫る

私が輝く、
パリジェンヌ・レッスン

畠山奈保美［著］

ISBN978-4-7973-7174-1
46判　1,470円（税込）